中国文化·古典诗词品鉴

飞花令·花

素心落雪——编著

中国文史出版社

图书在版编目（CIP）数据

飞花令．花 / 素心落雪编著．— 北京：中国文史出版社，2018.5

ISBN 978-7-5205-0259-7

Ⅰ．①飞…　Ⅱ．①素…　Ⅲ．①古典诗歌—诗集—中国　Ⅳ．①I222

中国版本图书馆CIP数据核字（2018）第095767号

责任编辑： 牛梦岳

出版发行：**中国文史出版社**

社　　址：北京市海淀区西八里庄路69号院　邮编：100142

电　　话：010-81136606　81136602　81136603（发行部）

传　　真：010-81136655

印　　装：廊坊市海涛印刷有限公司

经　　销：全国新华书店

开　　本：787mm × 1092mm　1/32

印　　张：7.75　　字数：160千字

版　　次：2018年8月第1版

印　　次：2022年10月第3次印刷

定　　价：29.80元

解读飞花令

飞花令，原是饮酒助兴的游戏之一，输者罚酒。源自古人的诗词之趣，得名于唐代诗人韩翃《寒食》中的名句“春城无处不飞花”。古代的飞花令要求，对令人所对出的诗句要和行令人吟出的诗句格律一致，而且规定好的字出现的位置同样有着严格的要求。

而现行“飞花令”的游戏规则相对宽松得多，只要围绕关键字背诵出相应的诗句即可。即使这样，“飞花令”仍是真正高手之间的对抗，因为这不仅考察对令者的诗词储备，更是临场反应和心理素质的较量。

目录

飞花令

目录

飞花令

目录

飞花令 目录

鲍 照

鲍照（约414—466），字明远，东海（今山东郯城）人。鲍照是南朝宋成就最高的诗人。他的诗歌思想内容丰富，有明显的社会意义。有的诗直接反映人民在战乱和徭役压迫下的痛苦生活，表达保卫祖国的热望，充满爱国主义精神；有的是对士族门阀的无情揭露和愤怒抗议。他的七言诗，对于当时诗体的发展起了很大的推动作用，直接影响了唐代诗人的浪漫主义风格。有《鲍参军集》存世。

念其霜中能作花，露中能作实

梅花落

南北朝·鲍照

中庭多杂树，偏为梅咨嗟。问君何独然？念其霜中能作花，露中能作实。摇荡春风媚春日，念尔零落逐寒风，徒有霜华无霜质。

注释

中庭：庭院中。

咨嗟：赞叹声。

君：指“偏为梅咨嗟”的诗人。

其：指梅。

作花：开花。

作实：结实。

尔：指杂树。

霜华：霜中的花。华，同“花”。

简析

《梅花落》属汉乐府旧题“横吹曲”。本诗通过对比梅与杂树，表达了对节操低下的士大夫的蔑视和对旷达之士的赞扬，彰显了作者对孤高自得、坚韧不屈人格的追求。

“中庭多杂树，偏为梅咨嗟。”这里的“杂树”和“梅”含有象征意义：杂树，即与时俯仰、没有节操的士大夫；梅，指节操高尚的旷达贤士。庭院中有各种树木，但诗人却最称赏梅花。“问君何独然”是以杂树的口吻展开对话：你为什么单单赞赏梅花呢？诗人答道：“念其霜中能作花，露中能作实。摇荡春风媚春日，念尔零落逐寒风，徒有霜华无霜质。”这里“其”指梅花，“尔”指杂树。梅花不畏严寒，能在霜中开花，露中结实，而杂树只能在暖暖的春风中摇曳，在明媚的春日下盛开，却又随寒风零落而没有耐寒的品质。诗人将杂树拟人，并将它与梅花放在一起，一褒一贬，用对比的手法赞美了梅花的耐寒高洁，批判了杂树的软弱动摇。这与作者个人经历有着密切的关系。鲍照家世贫贱，在宦途亦饱经风霜，其在本诗中用质朴的语言表达了对庸碌无为的士大夫的蔑视和对旷达之士的褒扬，进而抒发了对腐朽的门阀士族的愤慨。

背景

鲍照生活在南北分裂、门阀士族垄断政权的时代，虽怀一颗济世之心，但因出身贫贱而仕途坎坷，饱受压抑。本诗便是鲍照一生心境的写照。

名家点评

〔明〕钟惺：似稚似老，妙妙。(《古诗归》)

〔清〕何焯：诗至明远已发露无余，李、杜、元、白皆从此出也。(《义门读书记》)

〔清〕沈德潜：以“花”字联上“嗟”字成韵，以“实”字联下“日”字成韵，格法甚奇。(《古诗源》)

陆　凯

陆凯，生卒年不详，字智君，代北（今河北蔚县）人，恭谨好学，曾任正平太守，有良吏之名。

折花逢驿使，寄与陇头人

赠范晔诗

南北朝·陆凯

折花逢驿使，寄与陇头人。
江南无所有，聊赠一枝春。

注释

驿使：传递书信、文件的使者。

与：给。

陇头：陇山，在今陕西陇县西北。

简析

这是一首短小朴素的赠友诗，叙述了诗人因对友人的思念而折梅相送，全诗短小平直，别具一格。

“折花逢驿使，寄与陇头人。”诗的开篇即点明诗人与友人分隔两地，只能凭书信传递问候。由驿使而联想到友人，于是寄梅问候，表达了对友人的思念之深。“江南无所有，聊赠一枝春。”如果说诗的前两句直白平淡，那么后两句则在淡淡致意中饱含对朋友的真挚祝福。诗人不直言梅，而作“一枝春”，采用借代的手法，眼前仿佛出现了春光明媚、暗香疏影的美好景象。梅花是江南报春之花，折梅花寄给友人，礼轻情义重，它带给远方朋友的是同享春意的美好祝愿。此外诗人传送的不是书信而是梅花，可见两人关系之亲密，情谊全凝聚在小小的一枝梅花上。

这首诗结构精巧，质朴自然，看似简单，细细品之，春的生机盎然及作者与老友间的深厚友谊令人赞叹。

背景

南朝盛弘之《荆州记》记载：“陆凯与范晔交善，自江南寄梅一枝，诣长安与晔，兼赠诗曰……”据考证，范晔一生在江南活动，似未到过长安。因此，诗中的范晔或另有其人。此外，明唐汝谔在《古诗解》中曾提出：“晔为江南人，陆凯代北人，当是范寄陆耳。”总之，诗中人物的身份及创作背景仍有待进一步核实，但诗歌表达的真挚友谊是无可置疑的。

名家点评

〔南北朝〕盛弘之：陆凯与范晔交善，自江南寄梅一枝，诣长安与晔，兼赠诗云（诗略）。(《荆州记》)

〔明〕唐汝谔：晔为江南人，陆凯代北人，当是范寄陆耳。(《古诗解》)

范 云

范云（451—503），字彦龙，南乡舞阴（今河南沁阳西北）人。南朝齐梁诗人。范缜从弟。在齐官至广州刺史，入梁为吏部尚书。他的诗清丽婉转，与沈约等人并称“竟陵八友”。

昔去雪如花，今来花似雪

别诗二首（其一）

南北朝 · 范云

洛阳城东西，长作经时别。
昔去雪如花，今来花似雪。

注释

洛阳城：今河南省洛阳市。历史上是东汉、曹魏、西晋的都城，当时是北魏的都城。范云是南朝诗人，南朝的都城是建康（今南京市）。此处诗人借用洛阳来代指建康城。

东西：东边和西边。

经时：多时，间隔时间久。

昔：过去，从前。

去：离开。

简析

此诗写好友聚散，用分别时雪花飞舞的凄凉和重逢时百花盛开的温暖做对照，抒发了好友重逢的喜悦。

“洛阳城东西，长作经时别。”开门见山，写诗人和友人住在同一城市的东西两侧，却又经常分别，很久也难得一见。后两句“昔去雪如花，今来花似雪”，通过对冬天和春天景物的不同描绘，暗示离别之久。当年离开的时候，雪就像花一样，白茫茫落了一地。现在我回来了，花开得就像当时的雪一样烂漫。离别时为冬天，重逢时已是繁花似锦的春天，将分别之久、之苦都融于其中，寓情于景。“雪如花”与“花似雪”之间的呼应非常自然贴切，巧妙照应了前面的“经时别”。从昔到今，从去到来，诗人在感慨每次分别总是经过许多岁月。诗句从时间上只是冬去春来，但诗人将雪与花颠倒，翻出新意巧思，便耐人寻味。

名家点评

〔明〕陆时雍：诗到至处，绝不作诗，只如寻常语气。(《古诗镜》)

〔清〕陈祚明：神到之语，不期而得。(《采菽堂古诗选》)

〔清〕沈德潜：自然得之，故佳。后人学步，使觉有意。(《古诗源》)

〔清〕张玉谷：只是冬去春来耳，就雪花颠倒，翻出巧思，便耐咀味。(《古诗赏析》)

徐 陵

徐陵（507—583），字孝穆，东海郯（山东郯城）人。南朝陈文学家。梁时历任尚书度支郎、尚书左丞秘书监等职。入陈后官至中书监等。其诗歌和骈文多精巧细密，轻靡绮艳，为当时宫体诗重要作者之一，与庾信齐名，世称“徐庾”。著作有《徐孝穆集》《玉台新咏》等。

纳凉高树下，直坐落花中

内园逐凉

南北朝·徐陵

昔有北山北，今余东海东。
纳凉高树下，直坐落花中。
狭径长无迹，茅斋本自空。
提琴就竹筱，酌酒劝梧桐。

注释

北山北：此处借东汉逸民法真的典故，指类似法真隐逸的生活。

东海东：徐陵家在东海，在诗中指其罢免归乡。

纳凉：乘凉。

狭径：小路。

竹筱（xiǎo）：小竹，即箭竹，又称竹箭，袅袅婷婷，幽雅宜人。

梧桐：相传是凤凰停栖之树，亦非俗物。

简析

此诗描写了诗人罢官后闲居隐逸的生活，在大自然中与高树、落花、竹筱、梧桐等做伴交友，长久以往，诗人的内心也从凡尘杂念的世界中解脱出来，宁静自由，甚至达到了物我齐一的境界。

“昔有北山北，今余东海东。”东汉法真不入俗世，隐居境外，此次作者恰逢免职罢官，也要体味一番闲居的安逸。“北山北”和“东海东”对仗齐整，流水行云，此句由“昔”映“今”，后文的生活景状也由此引申。诗人被迫赋闲，却强说自己是在效仿东汉的法真，可见其胸怀的旷达与意趣的恬淡。

“纳凉高树下，直坐落花中。”诗人在高树下纳凉，落花中独坐，消殆季节的暑热，也消净心头的烦秽。此句描绘了诗人回乡后自由、清静、安适的生活状态。

“狭径长无迹，茅斋本自空。”纳凉之后，在回家的途中，看着这细长的小泥路上除了自己的脚印之外，没有他人踩踏过的痕迹，不由生出空落寂寥之感。回至家中，茅屋除了一把清琴和半壶浊酒之外，四壁茫茫。“长”字写出了诗人茅斋的离尘幽远，所以难免“无迹”；“空”字又可看出长久闲居隐逸的诗人已然达到了物我两忘、物我两空的境界。

“提琴就竹筱，酌酒劝梧桐。”结句写诗人提上清琴，携上浊酒，沓坐在庭前，对竹抚曲，曲罢，斟酒当着簌簌纷纷的梧桐作饮赋吟。此句写诗人投身于自然的怀抱之中，以“竹筱”作知音，以“梧桐”为酒友，向他们交代喜怒哀乐，也在这和谐闲静的日子里消尽了俗念，脱尽了机心。

背景

本篇写家居闲适之情，整首皆对。陵为东海人，在梁任上虞令时，为御史中丞刘孝仪弹劾免官，诗当作于返里期间。

名家点评

〔明〕宋濂：徐孝穆一以婉丽为宗，诗之变极矣。(《答章秀才论诗书》)

〔清〕王士祯：陈朝寥寥，孝穆称首。(《古诗选凡例》)

江 总

江总（519—594），南朝陈文学家。字总持，济阳考城（今河南兰考东）人。梁时曾任尚书殿中郎、太子中书舍人等职。入陈后官至尚书令，世称“江令”。日与陈后主游宴后庭，制作艳诗，与陈暄、孔范等10余人号为狎客。入隋后拜上开府。善五、七言诗，著作有《江令君集》。

故乡篱下菊，今日几花开

于长安归还扬州九月九日行薇山亭赋韵

南北朝 · 江总

心逐南云逝，形随北雁来。
故乡篱下菊，今日几花开。

注释

逝：远逝。

形：身体。

简析

本诗是诗人仕于隋后的作品，当是作于晚年归乡途中。扬州，指金陵，陈朝及隋初扬州府治均在金陵，薇山在今山东滕州南，为南北交通常经之地。“行薇山亭”，即行走到薇山的驿亭。

前两句言所见之景：流云南逝，大雁南归。此情此景与诗人的心境正相吻合，离开政治中心的漩涡，诗人踏上了回乡的路程，一路上，“南云”与“北雁”正仿佛结伴而行的朋友。“心逐”“形随”将诗人欢欣雀跃希望早日到家的心情表露无遗。后两句言所想之境：故乡篱菊，花开几朵？家中篱笆下栽种的菊花，今日又开了几朵呢？菊花在秋季开放，而重阳赏菊又是历来的习俗，既呼应了此诗创作时的时间背景，又流露了诗人对故园的思念。故土之思，亡国之恨，则全蕴于想象的菊花构成的图画里。这首诗借景抒情，由重阳所见引起思乡之情，进而通过故乡篱下的菊花将此情感含蓄委婉地表达出来，与王维“来日绮窗下，寒梅著花未”颇有异曲同工之妙。

背景

公元589年，陈亡。江总入长安，仕于隋，后辞官南归。这首诗写于南归途中，表达了诗人对故乡的怀想和思旧之情，同时流露出了归隐田园的情怀。

薛道衡

薛道衡（540—609），字玄卿，河东汾阴（今山西万荣县）人。曾仕北周、北齐，入隋后官居襄州总管、播州刺史、司隶大夫等，后因触犯隋炀帝被杀。其诗词清丽委婉，是隋代诗坛的杰出代表。

人归落雁后，思发在花前

人日思归

隋 · 薛道衡

入春才七日，离家已二年。
人归落雁后，思发在花前。

注释

人日：古代礼俗正月初一为鸡日，初二为狗日，初三为猪日，初四为羊日，初五为牛日，初六为马日，初七为人日。

入春才七日：即人日。把春节当成春天开始，故言“入春”。

落：落在……后。

简析

这是一首思乡诗，写出了远在他乡的游子在新春佳节渴望回家与亲人团聚的心情。

“入春才七日，离家已二年”，交代了时令及离家的时日。“入春才七日”，一个“才”字，透露出诗人对时间缓慢的感慨。“离家已二年”一句也说得平平淡淡，将“才七日”和“已二年”做了一个对比，短短的七日已让人难以忍受，离乡两年的煎熬更不待说！这两句平淡质朴的诗句表现出诗人思乡心切、度日如年的心情。

“人归落雁后，思发在花前。”传说鸿雁在正月里从南方飞回北方，而诗人回家的日子要落在北飞的雁群之后了，但是想回家的念头却在春花开放以前就有了。这两句运用了对比手法，写归落在雁后、思生于花前，即景生情，情景交融，含蓄委婉地表达了作者急切的思归之情，此外将“归”与“思”分别放在两个相对照的句子中，与题目相呼应，别具特色。

背景

隋开皇年间，薛道衡奉命出使陈国，劝说陈后主降隋称藩，本诗即为作者出使南朝陈时在正月初七的一次宴会上所作。

名家点评

〔清〕张玉谷：首句人日。次句乃所以思归之故。三句点醒迟归。恰又补点“人”字。与“雁”对剔。四句正点“思”字，“在花前”恰又抱转人日。流对极为巧切。(《古诗赏析》)

陈叔宝

陈叔宝（553—604），南朝陈皇帝，世称陈后主。字元秀，小字黄奴。吴兴长城（今浙江长兴）人。即帝位后，不理朝政，日与妃嫔、文臣宴游赋诗行乐。在位八年，后隋兵南下灭陈，被俘至长安。著有《陈后主集》。

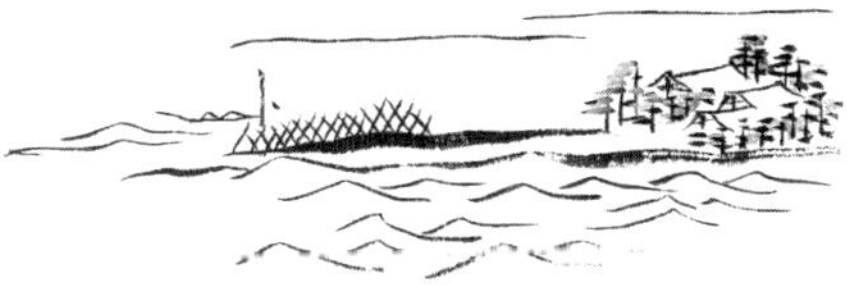

花开花落不长久，落红满地归寂中

玉树后庭花

南北朝 · 陈叔宝

丽宇芳林对高阁，新装艳质本倾城。
映户凝娇乍不进，出帷含态笑相迎。
妖姬脸似花含露，玉树流光照后庭。
花开花落不长久，落红满地归寂中。

注释

倾城：使城池倾倒，形容女子貌美。

乍：刚，起初。

帷：帷帐。

妖姬：美女。多指妖艳的侍女、婢妾。

玉树：传说中的仙树，树冠挺拔秀丽，茎叶碧绿，顶生白色花朵，十分清雅别致。

流光：形容玲珑剔透，流光溢彩。

简析

这是陈后主创作的一首著名的宫体诗，南朝灭亡的过程也正是此诗在宫中盛行的过程。因此，《玉树后庭花》被称为“亡国之音”。

“丽宇芳林对高阁，新妆艳质本倾城。”楼殿高阁前芳林花草竞相争春，貌美如花的妃子盛装打扮，姿色被衬托得艳丽无比。全诗开篇展示了宫中的环境，并用华丽的宫殿和芳林花草来映衬美人的倾国倾城。“映户凝娇乍不进，出帷含态笑相迎。”妃子起初掩映着窗子，外面春光的娇美之景无法进入她们的芳阁。当妃子应召盈盈走出闺阁，笑容可掬，又与春光融为一体。美人们见驾时风情万种的情态，讨得后主的无比欢欣。“妖姬脸似花含露，玉树流光照后庭。”美人的面容就像带着晶莹雨露的鲜花，她们的美态就如玉树那样姿态万千、清雅别致。“花开花落不长久，落红满地归寂中。”结句写花儿从开放时的争奇斗艳到枯萎凋零是很短暂的时光，花瓣都落光的时候一切又都归于平凡。花开花落与人生起伏何其相似，结尾又暗含着一丝韶华易逝的惆怅。

背景

陈叔宝是有名的亡国之君，当时，北方强大的隋时时准备渡长江南下，陈这个江南小王朝已经面临着灭顶之灾，但陈后主却仍整日与宠妾张贵妃、孔贵人饮酒嬉戏，作诗唱和。

名家点评

〔唐〕魏征：陈后主于清乐中造《黄骊留》及《玉树后庭花》《金钗两鬓垂》等曲。与幸臣等制其歌辞，绮艳相高，极于轻薄。(《隋书·乐志》)

〔唐〕刘禹锡:万门千户成野草,只缘一曲后庭花。(《台城》)

〔唐〕杜牧:商女不知亡国恨,隔江犹唱后庭花。(《泊秦淮》)

佚　名

杨柳青青著地垂，杨花漫漫搅天飞

送别诗

隋·佚名

杨柳青青著地垂，杨花漫漫搅天飞。
柳条折尽花飞尽，借问行人归不归？

注释

著（zhuó）：接触，挨上。

尽：完，完毕。

借问：敬辞，用于向别人询问事情；请问。

简析

这是一首送别题材的七言绝句。全诗借柳条、杨花寄寓惜别、盼归的深情，凄婉动人。

在我国的诗词意象中，柳因与“留”谐音，被赋予挽留亲朋、依依惜别的美好意义。折柳赠别也成为一种风俗。“杨柳青青著地垂，杨花漫漫搅天飞。”前两句描绘了一幅富有动感的春景图，千丝万条的青青柳枝，漫天飞舞的杨花景象展现于读者眼前。“著地”言柳条之长。“漫漫”写杨花飘荡，无边无际；“搅天”形容天空都被搅乱，极言杨花之多，离愁这深。

第三句“柳条折尽花飞尽”紧承前两句，用夸张的手法将离别时的伤感凄婉表现得入木三分：杨花和柳丝终将“飞尽”“折尽”。通过时间的推移，表现了别离之苦。临别之时，只能问行人“几时归”，怎好问他“归不归”？不问归期，恐怕是很难相见了吧。这一问，耐人寻味，无限感伤。

背景

据崔琼《东虚记》记载，本诗约作于隋炀帝大业（605—617）末年。

名家点评

〔明〕胡应麟：庾子山《代人伤往》三首，近绝体而调殊不谐，语亦未畅。惟隋末无名氏“杨柳青青……”至此七言绝句音律，始字字谐和，其语亦甚有唐味。(《诗薮·内编》)

孟浩然

孟浩然（689—740），本名浩，字浩然，以字行，襄州襄阳（今属湖北）人。早年隐居于鹿门山。四十岁时游长安，应进士不第。后为荆州从事，患疽卒。

孟浩然与王维齐名，并称“王孟”。其诗内容多以山水田园、隐居逸兴及羁旅行役为主，风格清淡雅致，长于写景，是“山水派”诗人的杰出代表。有《孟浩然诗集》存世。

夜来风雨声，花落知多少

春晓

唐·孟浩然

春眠不觉晓，处处闻啼鸟。
夜来风雨声，花落知多少。

注释

晓：早晨，天明，天刚亮的时候。
闻：听见。
啼鸟：鸟的啼叫声。

简析

这首家喻户晓的小诗用浅白无华的语言描绘了一幅春日清晨的清丽情景，抒发了诗人对美好春日的喜爱，同时流露出对好景易逝的惋惜之情。

诗人开篇没有采用直接描写的一般手法，而是通过听觉感受和联想，感受春日清晨的气息。春日的清晨，生机盎然。“处处闻啼鸟”，诗人的甜梦被屋外鸟儿的欢鸣叫醒。从听觉角度写春之声，加上“处处”二字，啁啾起落，使人身临其境，妙趣横生。“夜来风雨声，花落知多少。”诗人昨夜在朦胧中曾听到一阵风雨声，此时便想到庭院里盛开的花儿到底被摇落了多少呢？一句“花落知多少”，又隐含着诗人对春光流逝的淡淡哀伤以及无限遐想。

全诗从听觉角度描写春天景色，一反常规，重点写的是鸟啼声和风雨声。整首诗的风格行云流水，平易自然，语言明白晓畅、朗朗上口，通俗易懂，却又意味隽永。

背景

孟浩然早年隐居鹿门山，后入长安谋求官职，考进士不中，还归故乡。本诗即其隐居鹿门山时所作。

名家点评

〔明〕顾璘：真景实情，人说不到。高兴奇语，唯吾孟公。(《唐诗广选》)

〔明〕钟惺：通是猜境，妙！妙！(《唐诗归》)

〔明〕周珽：晓景喧媚，莫卜夜无寂寞。惜春心绪，有说不出之妙。(《唐诗选脉会通评林》)

待到重阳日，还来就菊花

过故人庄

唐 · 孟浩然

故人具鸡黍，邀我至田家。
绿树村边合，青山郭外斜。
开轩面场圃，把酒话桑麻。
待到重阳日，还来就菊花。

注释

过：拜访。

故人：老朋友。

具：准备，置办。

鸡黍（shǔ）：指农家待客的丰盛饭食。黍：黄米，此处指上等的美食。

合：环绕。

郭：古代城墙有内外两重，内为城，外为郭。这里指村庄的外墙。

轩：窗户。

场圃：场指打谷场，圃指菜园。

把酒：端着酒具，指饮酒。把：拿起，端起。

话桑麻：闲谈农事。桑麻：桑树和麻，这里泛指农事。

还（huán）：返，来。

就菊花：指饮菊花酒，也是赏菊的意思。就，靠近。

简析

这是一首脍炙人口的田园诗，描写了农家恬静闲适的生活情景，表达了作者对田园生活的向往，也写出了朋友之间深厚的友谊。

“故人具鸡黍，邀我至田家。”开头平静而自然，不讲虚礼和排场的招待，简单随便，看得出故人是诗人的至交。而以“鸡黍”相邀，则显出田家特有风味，又见待客之热情。“绿树村边合，青山郭外斜。”随着诗人的脚步走进村中，绿树环抱，郭外的青山依依相伴，由近及远地描写田园景色，展示了开阔而生机勃勃的田园风光。“开轩面场圃，把酒话桑麻。”朋友在家中相见，打开窗户，景色映入户内，令人心旷神怡。使人领略到更强烈的农村风味和乡土气息。绿树、青山、村舍、场圃、桑麻构成一幅优美宁静的田园风景画，恬静秀美的农村风光和淳朴诚挚的朋友情谊融为一体。结尾自然流露出诗人对这个村庄和故人的依依不舍。淡淡两句诗，故人相见的热情及诗人的愉快跃然纸上。作者以如话家常的语言，写了从到访到告别的过程，描绘了美丽的山村风光和平静的田园生活。

背景

孟浩然隐居鹿门山时，应邀到朋友家做客，面对满眼生活气的农家景貌，不由心旷神怡，赞叹美丽的田园风光，写下此篇传世名作。

名家点评

〔南宋〕刘辰翁：每以自在相凌厉者，极是。(《王孟诗评》)

〔清〕黄叔灿：田家景色，野趣翛然。“具鸡黍”“话桑

麻”，更期就菊。故人情重，亦觉有致，似一幅田家行乐图。(《唐诗笺注》)

〔清〕纪昀：王、孟诗大段相近，而体格又自微别。王清而远，孟清而切。学王不成，流为空腔；学孟不成，流为浅语。如此诗之自然冲淡，初学遽躐等而效之，不为滑调不止也。(《瀛奎律髓汇评》)

李 白

李白（701—762），字太白，号青莲居士。天宝初年供奉翰林，受玄宗爱重。后因蔑视权贵，遭谗去职。安史之乱中，曾为永王李璘幕僚，璘败受牵连，流放夜郎，中途遇赦东还。晚年漂泊困苦，卒于当涂。

李白诗风豪放，想象丰富，被誉为“诗仙”。诗作多抒发感慨，寄托深远，同情人民疾苦，蔑视权贵，也描绘山河，表达对祖国的热爱。有《李太白集》存世。

醉月频中圣，迷花不事君

赠孟浩然

唐 · 李白

吾爱孟夫子，风流天下闻。
红颜弃轩冕，白首卧松云。
醉月频中圣，迷花不事君。
高山安可仰，徒此揖清芬。

注释

孟夫子：指孟浩然。夫子，古时对男子的尊称。

风流：古人以风流赞美文人，主要是指有文采，善词章，风度潇洒。

红颜：指孟浩然少壮时期。

卧松云：指隐居于青松云海之间。

中圣："中圣人"的简称，即醉酒。曹魏时徐邈喜欢喝酒，称酒清者为"圣人"，酒浊者为贤人。

事君：侍奉皇帝。

高山：言孟品格高尚，令人敬仰。

揖：表示崇敬。

清芬：指高洁的品格。

简析

本诗写李白去襄阳拜访孟浩然不遇，诗人遗憾地写下此篇，表达对孟的敬仰之情。

首联总领全诗，开篇即点题，"孟夫子"点出所爱之人，扣紧题目，抒发了对孟浩然的钦敬仰慕之情。"夫子"和"风流"是对孟浩然倜傥旷达生涯的赞誉。"红颜弃轩冕，白首卧松云。"这一联勾勒出一个高卧林泉、风流自赏、儒雅悠闲的"孟夫子"形象，"轩冕"象征着仕途富贵，"松云"象征着隐遁淡泊，孟浩然宁弃仕途而取隐遁，突出了他的高风亮节。一个"卧"字，刻画出人物风神散朗、寄情山水的高雅。颈联"醉月频中圣，迷花不事君"转进到孟的隐居生活。皓月当空，他把酒沉醉，于繁花丛中，流连忘返。中二联好似一幅高人隐逸图，蕴含作者无限敬爱钦赏之情。尾联"高山安可仰，徒此揖清芬"直接抒情，感情进一步升华。"高山"一句用了《诗经·小雅·车辖》中"高山仰止，景行行止”的典故，但这座山太巍峨了，因而有“安可仰”之叹，令人只能向往。

背景

本诗约创作于李白寓居湖北安陆时期（727—736），其间他常往来于襄汉一带，与比他长十二岁的孟浩然结下了深厚友谊。

名家点评

〔明〕谢榛：太白赠孟浩然诗，前云“红颜弃轩冕”，后云“迷花不事君”，两联意颇相似。刘文房《灵祐上人故居》诗，既云“几日浮生哭故人”，又云“雨花垂泪共沾巾”，此与太白同病。兴到而成，失于检点。意重一联，其势使然。两联意重，法不可从。(《四溟诗话》)

美人如花隔云端

长相思

唐 · 李白

长相思，在长安。络纬秋啼金井阑，微霜凄凄簟色寒。孤灯不明思欲绝，卷帷望月空长叹。

美人如花隔云端，上有青冥之高天，下有渌水之波澜。天长地远魂飞苦，梦魂不到关山难。长相思，摧心肝。

注释

络纬：又名莎鸡，俗称纺织娘。

金井阑：华美的井栏，“阑”通“栏”。

簟色寒：指竹席的凉意。

帷：窗帘。

青冥：青云。

渌水：清澈的水。

关山难：关山难渡。

摧：伤。

简析

这首诗以秋声秋景起兴，诉述相思之苦。

诗人起笔直抒胸臆，以“长相思，在长安”表达了自己对爱恋之人的渴望和追求，但天长水远、关山难度，要相见是多么的艰难。“络纬秋啼金井阑，微霜凄凄簟色寒”，从听觉、视觉的角度写出深秋凄冷的特点，“簟色寒”则暗示人因寒意而不眠。诗人通过层层渲染环境气氛的手法描绘深秋景象，表现了内心的凄凉和思念之苦。“孤灯不明思欲绝”一句，一个“孤”字，明写一盏昏暗的灯，蕴含着诗人内心的孤苦与无奈，进而引起“思欲绝”“空长叹”，将诗人内心的无奈与悲苦表达得淋漓尽致。

后半部分写诗人在浪漫的幻想中，对心中“美人”的追逐，但美人虚无缥缈、杳远难即，上有青冥高天的阻隔，下有渌水波澜关山重叠的障碍。如此高远，即使梦魂也难以抵达，足见思慕的对象实际遥不可及，故而有结句“长相思，摧心肝”，将思之而不可得的痛苦进一步强化。我国古代经常用“美人”比喻所追求的理想，因此有人认为此诗暗中抒发了诗人追求政治理想而不能的郁闷之情。

背景

这首诗是李白离开长安后回忆往日情景时所作。

名家点评

〔明〕胡震亨：开口即曰“在长安”，其意已见。(《李诗通》)

〔明〕陆时雍：意气咆勃，才大使然。(《唐诗镜》)

〔明〕王夫之：题中偏不欲显，象外偏令有余，一以为风度，一以为淋漓。呜呼!观止矣!(《唐诗评选》)

〔清〕沈德潜：“美人”，指夫君言，怨而不怒。(《重订唐诗别裁集》)

故人西辞黄鹤楼，烟花三月下扬州

黄鹤楼送孟浩然之广陵

唐·李白

故人西辞黄鹤楼，烟花三月下扬州。
孤帆远影碧空尽，唯见长江天际流。

注释

黄鹤楼：旧址在今湖北武昌黄鹄矶，背靠蛇山，俯临长江。

之：往，去。

广陵：扬州的旧名。

烟花：指柳如烟、花似锦的明媚春光。

尽：消失。

天际：天边。

简析

这是一首脍炙人口的送别诗。阳春三月，友人孟浩然与诗人挥别于天下江山第一楼——黄鹤楼，乘棹东行。

“故人西辞黄鹤楼，烟花三月下扬州。”好友即将远行，李白用烟花来形容孟浩然即将去到的地方——扬州，也多少透露了诗人对孟浩然此行的羡慕之意。“孤帆远影碧空尽，唯见长江天际留。”三、四句写作者送走了好友，独自在黄鹤楼遥望风帆远去的情景。友人的孤船帆影渐渐远去，消失在碧空的尽头，而诗人仍望着帆影余波久久伫立，可见目送时间之长及其对好友的惜别之情。全诗把感情藏在景物之中，并不直接抒写感情，巧妙地将依依惜别的深情寄托在对自然景物的动态描写之中，将情与景完全交融在一起，气势宏伟壮阔。

背景

唐玄宗开元十三年（730）的阳春三月，李白得知好友孟浩然要去广陵（今江苏扬州），便约孟浩然在江夏（今武汉市武昌）相会叙谈。孟浩然乘船东下后，李白伫立江岸，望着孤帆渐渐远去，惆怅之情油然而生，写就这篇名作。

名家点评

〔南宋〕陆游：八月二十八日访黄鹤楼故址，太白登此楼送孟浩然诗云："孤帆远影碧空尽，唯见长江天际流。"盖帆樯映远，山尤可观，非江行久不能知也。(《入蜀记》卷五)

〔明〕唐汝询："黄鹤"分别之地，"扬州"所往之乡，"烟花"叙别之景，"三月"纪别之时。帆影尽，则目力已极；江水长，则离思无涯。怅别之情，俱在言外。(《唐诗解》)

云想衣裳花想容，春风拂槛露华浓

清平调（其一）

唐·李白

云想衣裳花想容，春风拂槛露华浓。
若非群玉山头见，会向瑶台月下逢。

注释

清平调：唐代乐曲曲调名。

想：想象，又可解释为像、似。

槛：栏杆。

露华：带露珠的花。

群玉山：神话中的仙山，传说是西王母居住的地方。

瑶台：传说中仙子居住的地方。

简析

这是一首描写和赞美杨贵妃美丽容颜的宫廷诗。首句以云霞比衣裳，以花比容貌，把杨贵妃描绘得宛如身着霓裳羽衣的仙子。“春风拂槛露华浓”一句进一步以“露华浓”来点染花容，写因受春风露华润泽，美丽的牡丹花在晶莹的露水中显得更加艳丽，犹如妃子受君王宠幸。此处暗喻贵妃爱君王的恩泽之重。“若非群玉山头见，会向瑶台月下逢”一句，诗人的想象更升腾至西王母所居的群玉山、瑶台。“若非”“会向”，看似一种选择，实际上十分肯定，意为如此美艳绝伦的花容，恐怕也只有在仙境才能看到了。诗人不露痕迹，把杨贵妃比作天女下凡，十分精妙。

背景

本诗为《清平调》三首其一。这三首诗是李白在长安为翰林时所作。一日，唐玄宗与杨贵妃在沉香亭观赏牡丹，李白奉诏作诗赞美贵妃的容姿，获得了玄宗和贵妃的赞赏。

名家点评

〔明〕胡震亨：清平调为三调中之清调平调，古房中遗声也。(《唐音癸签》)

〔清〕沈谦：“云想衣裳花想容”，此是太白佳境。柳屯田“拟把名花比，恐旁人笑我，谈何容易。”大畏唐突，尤见温存，又可悟翻旧为新之法。(《填词杂说》)

杨花落尽子规啼，闻道龙标过五溪

闻王昌龄左迁龙标遥有此寄

唐·李白

杨花落尽子规啼，闻道龙标过五溪。
我寄愁心与明月，随风直到夜郎西。

注释

左迁：贬职，贬官。

龙标：地名，在今湖南省境内。诗中“龙标”代指前往任职的王昌龄。

子规：即杜鹃鸟，叫声哀婉凄绝。

五溪：地名，在今湖南省西部。

夜郎：地名，在今湖南芷江县西。

简析

这是一首家喻户晓的寄赠友人之作。首句从眼前景色起兴，“杨花落尽子规啼”，暮春时节的杨絮飘飞殆尽，子规鸟声声哀鸣，为全诗营造了一种漂泊之感。“闻道龙标过五溪”，听说好友被贬，心中忧愁思虑与杨花鸟啼交织在一起，传达出一片“愁”意。五溪一带当时尚属荒蛮之地，而“过五溪”则更加突出了好友贬所的艰难境遇。

“我寄愁心与明月，随风直到夜郎西。”但诗人身居扬州，无法与好友相见送别，只好将对友人的关心与慰问托付明月。明月仿佛邮驿一般，可以寄送诗人的情感，同时月随人走，将一路伴随好友前行。风与月都不再只是眼前之景，而已成为情感传输的通道，传达着朋友之间深厚的友情。因此，全诗带给读者的感受也不再局限于对谪宦生涯的同情，更多是友谊的光辉散发出的温暖慰藉。

背景

此诗为李白听到好友王昌龄被贬为龙标县尉后，身处扬州无法相送，从而遥想寄送之作，表达了对好友的同情与关心。

名家点评

〔清〕毛先舒：太白“杨花落尽”与元微之“残灯无焰”体同题类，而风趣高卑，自觉天壤。(《诗辩坻》)

〔清〕沈德潜：即“将心寄明月，流影入君怀”意，出以摇曳之笔，语意一新。(《唐诗别裁》)

〔清〕黄叔灿：“愁心”二句，何等缠绵悱恻！而“我寄愁心”，犹觉比“隔千里兮共明月”意更深挚。(《唐诗笺注》)

蜀国曾闻子规鸟，宣城还见杜鹃花

宣城见杜鹃花

唐 · 李白

蜀国曾闻子规鸟，宣城还见杜鹃花。
一叫一回肠一断，三春三月忆三巴。

注释

宣城：郡名，今属安徽省。

蜀国：指四川。

子规鸟：杜鹃鸟的别称，因鸣声凄厉，动人乡思，故俗称断肠鸟，蜀地最多，传说是古蜀王杜宇死后所化。

三春：春季三个月，农历正月称孟春，二月称仲春，三月称季春。此处指春季。

三巴：东汉末，益州牧刘璋置巴郡、巴东、巴西三郡，合称三巴。在今四川省东部和重庆市地区。

简析

这是一首思乡诗，借景抒情，情景交融，抒发了诗人乡思袭来时无比悲切伤痛的心情。

“蜀国曾闻子规鸟，宣城还见杜鹃花。”首句感物而起兴，由宣城所见杜鹃花联想到家乡子规鸟，进而引起思乡之情。杜鹃花又名映山红，因每年春末杜鹃鸟啼鸣时盛开，故名。子规鸟即杜鹃，蜀中最多，此鸟春暮而鸣，鸣声凄切，其谐音为“不如归去”。暮春三月，寄寓在宣城的李白，眼中忽然映入一片红色的杜鹃花，这杜鹃好像是故乡的花。诗人的乡思因此被触动了。后两句“一叫一回肠一断，三春三月忆三巴”进一步渲染浓重的乡思。子规鸟的俗名也叫断肠鸟，“一叫一回肠一断”，它啼叫起来，没完没了，诗人的愁肠也仿佛因此断成一寸寸了。李白眼下困居宣城，拖着老迈的病体，无法踏上回乡的旅途。漂泊一生的诗人，到头来不但政治事业上没有归宿，就连此身也无所寄托，遥望着千里之外的故乡，他心中的悲戚可想而知。

背景

关于此诗的创作时间，主要有两种说法。按照裴斐《李白年谱简编》的说法，此诗作于唐玄宗天宝十四载（755）春，时李白在宣城郡。而薛天纬认为此诗作于李白流放遇赦归来之后。

名家点评

〔明〕杨慎：此太白寓宣州怀西蜀故乡之作也。(《升庵诗话》)

〔清〕爱新觉罗·弘历：如谣如谚，却是绝句本色。效之，则痴矣。(《唐宋诗醇》)

〔近代〕近藤元粹：严沧浪曰："出太白，如此犹不恶。"(《李太白诗醇》)

菊花何太苦，遭此两重阳

九月十日即事

唐·李白

昨日登高罢，今朝更举觞。
菊花何太苦，遭此两重阳？

注释

即事：以眼前事物为题材之诗。

登高：古时重阳节有登高的习俗。

更：再。

觞：古代喝酒用的器具。

两重阳：古时重阳节有采菊宴赏的习俗，重阳后一日宴赏为小重阳。

简析

这首诗写重阳登高，借菊花联想诗人自己遭遇谗言而流放夜郎的不幸。

“昨日登高罢，今朝更举觞。”前两句说重阳刚登高完毕，小重阳又再来饮酒赏菊。“菊花何太苦，遭此两重阳？”在唐宋时代，九月十日被称为“小重阳”，诗人从这一角度入手，说菊花在大小重阳两天内连续遇到人们的登高、宴饮，两次遭到采撷，所以有“太苦”的抱怨之言。诗人联想到自身遭遇，借酒消愁，朦胧中仿佛看到菊花也在嘲笑他这个朝廷“逐臣”，故而痛苦地发问：菊花为什么要遭到“两重阳”的重创？诗人立意新颖，站在菊花的立场上，发现了这一别样的诗意空间。实际上，诗人是借菊花之苦来寄托自己内心的极度苦闷。借咏菊花，而感慨自己被谗离京、流放夜郎的坎坷与不幸，正见其愁怀难以排解。此诗语虽平淡，内涵却十分深沉。

背景

这首诗是李白在当涂（今安徽当涂）龙山登高之作，时在唐代宗宝应元年（762）秋重阳节后一日。李白此时已62岁，并抱病在身，前一日登过一次龙山，并作《九日龙山饮》，这是作者第二次登龙山宴赏。

名家点评

〔清〕王琦：菊以两遇宴饮，两遭采掇，故有太苦之言。(《李太白文集》)

〔南宋〕严羽：摘苍耳何其趣，苦菊花何其颓，岂仙官之典亦为逐败耶。(《李太白诗集》)

〔现代〕郭沫若：诗的格调情趣完全相同，把李白豪迈之气差不多洗脱干净了。简单二十个字，不仅仅在惜花，而且在借花自惜。他的一生也是遭了两次大蹭蹬的——赐金还山与长流夜郎。花遭两次重阳，人遭两次重伤。语甚平淡，而意却深远，好像在对自己唱安眠歌了。(《李白与杜甫》)

王 维

王维（701—761），字摩诘，号摩诘居士，世称“王右丞”，河东蒲州（今山西永济）人，原籍祁县（今属山西）。唐代著名山水诗人和画家。

王维的诗以清新淡远、自然脱俗为主要风格，“诗中有画，画中有诗”。诗名与孟浩然合称“王孟”。有《孟浩然诗集》存世。

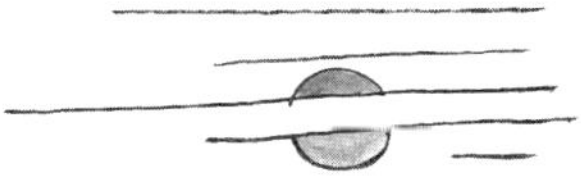

来日绮窗前，寒梅著花未

杂诗三首（其二）

唐 · 工维

君自故乡来，应知故乡事。
来日绮窗前，寒梅著花未？

注释

杂诗：写随时产生的零星感想和琐事，不定题目的诗。

来日：来的那一天。

绮窗：雕刻花纹的窗子。

著花：开花。

简析

这是一首思乡诗，诗人以浅显直白的文字描绘了游子思念家乡，向故乡来人询问家中情形的画面。

诗中的主人公是一个久在异乡的人，偶然遇上来自故乡的旧友，自然有太多的话想要询问。开头“君自故乡来，应知故乡事”毫无点缀修饰，直接发问，传神地表现了主人公急欲了解故乡风物、人事的心情。“故乡”一词反复出现，思乡之情溢于言表。诗人通过简单直白的十个字，已经将主人公的心理、神态、口吻等表现得栩栩如生、恰到好处。

“来日绮窗前，寒梅著花未？”后两句不直接说思念故乡、亲人，而是通过一个无足轻重的问题——“寒梅著花未”，把对故乡和家人的思念，表现得格外含蓄而深厚。看似不合常理的询问，却恰恰揭示了一个普遍的情感现象：人们对故乡的眷念，往往是和那些与自己过去生活有密切关系的具体事物联结在一起的。这窗前的寒梅可能蕴含着当年家居生活亲切有趣的情事。因此，这株寒梅，就不再是一般的自然物，而成了故乡的一种象征，也自然成了主人公思乡之情的寄托。全诗看似朴素平淡，实则感情真挚、深婉有致。

背景

这首诗是组诗《杂诗三首》的第二首。《杂诗三首》是王维拟江南乐府民歌风格所作的一组抒写男女别后相思之情的五言绝句。

名家点评

〔明〕唐汝询：“应知”二字括下联意。又一首同一问人，此作有味。(《唐诗解》)

〔清〕黄叔灿：与前首俱口头语，写来真挚缠绵，不可思

议。着“绮窗前”三字，含情无限。(《唐诗笺注》)

〔清〕宋顾乐：以微物悬念，传出件件关心，思家之切。(《唐人万首绝句选》)

〔近代〕王文濡：通首都是讯问口吻，而游子思乡之念，昭然若揭。(《唐诗评注读本》)

人闲桂花落，夜静春山空

鸟鸣涧

唐·王维

人闲桂花落，夜静春山空。
月出惊山鸟，时鸣春涧中。

注释

闲：安静、悠闲。

惊：惊动，扰乱。

时：时而，偶尔。

简析

这首诗是王维题友人居所的《皇甫岳云溪杂题五首》之一，表现了春山月夜静谧和谐的意境以及诗人从中感受到的悠闲恬静的情趣。

“人闲桂花落”，诗人从听到桂花落地的声音落笔，极言环境的幽静，同时“人闲”也表明了诗人此时内心十分安宁，不受外界干扰，因而能听到如此细微的桂花落地声。“夜静春山空”进一步写出特定时间地点中环境的宁静，一个“空”字将静谧提升到一种清新旷远的境界，也暗含了诗人本人的内心状态，表明诗人的心境和春山的环境气氛浑然一体。“月出惊山鸟”，当月亮升起，月光之明亮，竟使山鸟惊觉起来。鸟惊，是由于它们已习惯于山谷的静谧，似乎连月出也带有新的刺激。“时鸣春涧中”写鸟鸣，以动衬静，更加突出地显示了春涧的幽静。全诗突出一个“静”字，用“以动衬静”“以声写静”的手法，描摹了一幅“静而不死，寂而不枯”的秋山月夜图，表达了一种淡淡的、天人合一的喜悦之情，景因情设，情景交融。

背景

王维的《鸟鸣涧》当作于唐开元（713—741）年间游历江南之时，其背景是安定统一的盛唐社会。此诗是王维题友人皇甫岳云溪别墅所写的组诗《皇甫岳云溪杂题五首》的第一首。

名家点评

〔南宋〕刘辰翁：（五首）皆非着意。(《王孟诗评》)

〔明〕桂天祥：闭关时有此佳趣，亦不寂寂。(《批点唐诗正声》)

〔明〕钟惺：此“惊”字妙（“月出”句下）！幽寂（末句下）。(《唐诗归》)

〔清〕朱之荆：鸟惊月出，甚言山中之空。(《增订唐诗摘抄》)

〔清〕黄叔灿：闲事闲情，妙以闲人领此闲趣。(《唐诗笺注》)

花落家童未扫，莺啼山客犹眠

田园乐（其六）

唐·王维

桃红复含宿雨，柳绿更带朝烟。
花落家童未扫，莺啼山客犹眠。

注释

宿雨：昨夜下的雨。

朝烟：指清晨的雾气。

家童：童仆。

山客：隐居山庄的人，这里指诗人自己。

犹：还。

简析

《田园乐》是由七首六言绝句构成的组诗，写作者退居辋川别墅与大自然亲近的乐趣，此诗是其中一首。

“桃红复含宿雨，柳绿更带朝烟。”诗的前两句描绘春天夜雨过后清晨美丽的景象：红色的桃花还含着隔夜的新雨，碧绿的柳丝仿佛淡淡的春烟。一幅色彩鲜亮、对比鲜明的春色图跃然纸上。“花落家童未扫，莺啼山客犹眠。”后两句运用反衬的手法，用“花落”“莺啼”的动作、声响，衬托出“山客”居处的安静与心境的宁静与愉悦。这也是一幅宁静悠闲的画面。花落满地，理应扫去，然而“家童未扫”，那是清晨人还未起的缘故。全诗通过红桃、绿柳、落花、啼莺、夜雨、春烟等一系列常见的春日景象，表达了作者热爱自然、享受自然美景的闲适心情，整个画面恬淡宜人、妙趣横生。

背景

《田园乐》是由七首六言绝句构成的组诗，写作者退居辋川别墅与大自然亲近的乐趣，所以一题作“辋川六言”，此诗是其中一首。

名家点评

〔南宋〕黄昇:六言绝句，如王摩诘“桃红复含宿雨”及王荆公“杨柳鸣蜩绿暗”二诗，最为警绝，后难继者。(《玉林诗话》)

〔明〕周珽：上联景媚居亦媚，下联居逸趣亦逸。(《删补唐诗选脉会通评林》)

〔清〕潘德舆：或问六言诗法，予曰：王右丞“花落家童未扫，莺啼山客犹眠”，康伯可“啼鸟一声村晚，落花满地人归”，此六言之式也。必如此自在谐协方妙。若稍有安排，只是减字七言绝耳，不如无作也。(《养一斋诗话》)

木末芙蓉花，山中发红萼

辛夷坞

唐·王维

木末芙蓉花，山中发红萼。
涧户寂无人，纷纷开且落。

注释

坞：四周高中间低的洼地。

木末：树枝梢头。

芙蓉花：莲花的别称，辛夷花因形色与莲花相似，故称。

萼：花萼，由若干片状物组成，包在花瓣外面，花开时托着花瓣。

涧户：山涧中的居室。

简析

王维先后在长安附近的终南山和辋川建立别墅，过着亦仕亦隐的生活。这首诗以田园山水为题材，描绘自然优美的景色，表现幽静的境界，但其中也透露了作者内心的苦闷。

前两句“木末芙蓉花，山中发红萼”写花开，大意是当春天到来，万象更新，辛夷花也在生命力的驱使下，欣欣然地绽放花姿，好似云蒸霞蔚，显示着一派春光。诗人观察细致入微，注意到辛夷花的花苞开在每一根枝条的最末端上，形如毛笔，故用“木末”二字，相当恰当。诗的后两句“涧户寂无人，纷纷开且落”写花落。这山中的红萼，点缀着寂寞的涧户，随着时间的推移，最后纷纷扬扬地向人间洒下片片落英，结束了一年的花期。全诗在描绘辛夷花的美好形象的同时，又写出了一种落寞的景况和环境，以花在无人的山涧自开自落的命运寄托自己才能被压抑埋没的感伤情绪，同时似乎蕴含着耐人寻味的禅意，诗意极其含蓄。

背景

王维写辋川诗时是在晚年，即安史之乱以前。自唐玄宗开元二十四年（736）张九龄罢相，李林甫一派上台，朝政黑暗，社会矛盾日趋尖锐。王维虽然在朝，但倾向于张九龄的开明政治，对现实不满而又无能为力，内心矛盾，先后在长安附近的终南山和辋川建立别墅，过着亦仕亦隐的生活。

名家点评

〔南宋〕刘辰翁：其意亦欲不着一字，渐可语禅。(《王孟诗评》)

〔清〕沈德潜：幽极。又曰：借用《楚辞》，因颜色相似也。(《唐诗别裁》)

〔清〕李锳：幽淡已极，却饶远韵。(《诗法易简录》)

杜 甫

杜甫（712—770），字子美，号少陵野老，生于巩县（今河南巩义），是唐代伟大的现实主义诗人，与李白合称“李杜”。杜甫生活在唐朝由盛转衰的历史时期，其诗大多反映当时的社会面貌和民间疾苦，题材广泛，寄意深远，抒发了忧国忧民的情怀，被誉为“诗史”。杜诗沉郁顿挫，语言精练，格律严谨，感情真挚，达到了极高的艺术水平。有《杜工部集》存世。

感时花溅泪，恨别鸟惊心

春望

唐・杜甫

国破山河在，城春草木深。
感时花溅泪，恨别鸟惊心。
烽火连三月，家书抵万金。
白头搔更短，浑欲不胜簪。

注释

恨别：悲恨离别。

烽火：这里指战争。

抵万金：家书可值万两黄金，极言家信之难得。抵：值。

浑：简直。

欲：将要，就要。

胜：能承受。

简析

这首诗写诗人在遭受兵燹之祸的长安城中的所见所感，抒发了诗人忧国思亲的悲痛情绪。

“国破山河在，城春草木深。”首联借景抒情，写长安被叛军攻陷后，遭到了惊人的破坏，人民的遭遇更不待言。山河依旧，却已是物是人非。失陷后的长安，满目荒凉，杂草丛生，读来令人深感沉痛。“感时花溅泪，恨别鸟惊心。”花香鸟语本是美好的事物，应当使人高兴，但想到国家的春天、昔日繁盛的景象却已一去不复返了，诗人睹物伤情，即使美丽的鲜花在眼前绽放，也禁不住流出了眼泪。同时，春鸟啼鸣，如此欢快，而自己却远离家人，无心欣赏。“烽火连三月，家书抵万金。”战事紧张，连绵不绝，杀伐不断，在那种兵荒马乱的岁月，一封普通的家信是多么难得、多么珍贵。“白头搔更短，浑欲不胜簪。”结句通过描写人的动作来表现感情，着意刻画了一个满头白发的诗人因焦虑、忧愁而频频搔首的形象。忧国忧民的感情逐渐具体、深入、强烈。结尾既有强烈的感情色彩，又意味深长，是别具匠心的安排。

背景

唐肃宗至德元年（756）七月，安史叛军攻陷长安后唐肃宗在灵武（今宁夏灵武县）即位。忠君爱国的杜甫将家小安顿与鄜州后便只身投奔肃宗，不幸中途被叛军所俘，带至长安，被迫长期滞留于沦陷的长安城中，本诗即当时所作。

名家点评

〔元〕方回：此第一等好诗。想天宝、至德以至大历之乱，不忍读也。(《瀛奎律髓》)

〔明〕钟惺：所谓“愁思看春不当春”也。(“家书”句)此句烂熟，人口不厌，于此更见身份。(《唐诗归》)

〔清〕纪昀：语语沉着，无一毫做作，而自然深至。(《瀛奎律髓刊误》)

〔近代〕陈衍：老杜五律，高调似初唐者，以“国破山河在”一首为最。(《石遗室诗话》)

桃花一簇开无主，可爱深红爱浅红

江畔独步寻花（其五）

唐·杜甫

黄师塔前江水东，春光懒困倚微风。
桃花一簇开无主，可爱深红爱浅红？

注释

江畔：指成都锦江之滨。

独步：独自散步。

黄师塔：指一位姓黄的僧人死后所葬的墓塔。

一簇：一丛。

简析

《江畔独步寻花》共七首，这首诗是第五首，写诗人到黄师塔前看花，描绘了一幅早春的画面，表现了桃花之美及诗人赏花、爱花的审美心理。

“黄师塔前江水东，春光懒困倚微风”。诗人于阳光明媚的春日散步至黄师塔墓前，一江的碧波春水径自东流。春和景明，诗人亦想饱览这无限春光，怎奈暖风熏得人微醉，只得倚着这春风小憩片刻。“倚”字将自己与大好春光融合为一，达到寓情于景、以景寄情，将诗人在微微的懒倦状态下向往美好春光的情状刻画得形象生动。“桃花一簇开无主，可爱深红爱浅红。”江畔盛开的那一簇无主的桃花映入眼帘，究竟是爱深红色的还是更爱浅红色的呢？师亡无主，桃花却仍自在地开着，字里行间，流露出无人赏识的淡淡哀愁。这里叠用“爱”字，言诗人看了浅红看深红，应接不暇，表现诗人对花之美的欣悦。仕途不顺，济世梦断，饱经离乱，杜甫在迫不得已的情况下离乡客蜀，并在成都西郊草堂安顿下来，因此此诗虽题为寻花，实为排遣郁闷，隐藏着悲的情调。

背景

本诗约创作于唐上元二年（761），此时，杜甫定居于成都草堂，生活逐渐安定，但诗人也已近暮年，内心无限感慨，借赏花遣愁散闷。

名家点评

〔南宋〕陆游：予在成都，偶以事至犀浦，过松林甚茂，问驭卒：“此何处？”答曰：“师塔也。”盖谓僧所葬之塔。于是乃悟杜诗“黄师塔前江水东”之句。(《老学庵笔记》卷九）

〔明〕陆时雍：深情浅趣，深则情，浅则趣矣。杜子美云："桃花一簇开无主，可爱深红爱浅红？"余以为深浅俱佳，惟是天然者可爱。(《诗镜总记》)

〔清〕浦起龙：两"爱"字有致。(《读杜心解》)

黄四娘家花满蹊，千朵万朵压枝低

江畔独步寻花（其六）

唐·杜甫

黄四娘家花满蹊，千朵万朵压枝低。
留连戏蝶时时舞，自在娇莺恰恰啼。

注释

黄四娘：杜甫的邻居。

蹊（xī）：指小路。

留连：留恋。

简析

这首写景小诗是杜甫的组诗作品《江畔独步寻花》中的第六首，全诗通过对春日景物的描写，描绘了一幅生机盎然、鲜艳明快的春光图，表现了诗人欢欣愉悦的心情。

首句"黄四娘家花满蹊"点明地点是在"黄四娘家"的小路上。此句以邻居人名入诗，生活情趣颇浓。次句"千朵万朵压枝低"则生动呈现了繁花锦簇把枝条都压弯了的情状，

“压”“低”二字用得形象准确、生动传神。第三句“留连戏蝶时时舞”写蝴蝶飞舞，流连于花间，暗示出花的可爱，蝶的舞姿亦可爱。“时时”则不是偶尔一见，渲染了春意闹的情趣。末句“自在娇莺恰恰啼”写清脆啼鸣的黄莺活泼自在的神态，给人一种轻松愉悦的感觉，“恰恰”二字，极富韵律，使得全幅明丽纷繁的画面充满了动感，“娇”字则写出莺声轻软的特点。“自在”给人心理上愉快轻松的感觉。全诗视听结合，使人身临其境。

背景

这首组诗约作于唐肃宗上元二年（761）杜甫定居成都草堂之后，上元元年（760）杜甫在饱经战乱之后，来到四川成都，在西郊浣花溪畔建成草堂，暂时有了安身的住所。第二年（或第三年）春暖花开，他在锦江江畔散步赏花时写下了《江畔独步寻花》这一组诗。

名家点评

〔北宋〕苏轼：此诗虽不甚佳，可以见子美清狂野逸之态，故仆喜书之。(《东坡题跋》)

〔明〕王嗣奭：其六之妙，在“留连”“自在”，春光骀荡，又觉恼人。(《杜臆》)

〔清〕浦起龙：“黄四娘”自是妓人，用“戏蝶”“娇莺”恰合，四更胜三。(《读杜心解》)

〔清〕黄叔灿：“时时舞”，故曰“留连”；“恰恰啼”，故曰“自在”。二语以莺蝶起兴，见黄四娘家花朵之宜人也。(《唐诗笺注》)

晓看红湿处，花重锦官城

春夜喜雨

唐·杜甫

好雨知时节，当春乃发生。
随风潜入夜，润物细无声。
野径云俱黑，江船火独明。
晓看红湿处，花重锦官城。

注释

乃：就。

发生：催发植物生长。

潜：暗暗地，悄悄地。

野径：乡间小路。

花重：花因沾着雨水，显得饱满沉重的样子。

锦官城：故址在今成都市南，亦称锦城。三国蜀汉管理织锦之官驻此，故名。后人又用作成都的别称。

简析

这是一首描绘春夜雨景、表现喜悦心情的名作，抒发了诗人对春雨的喜爱赞美之情。

“好雨知时节，当春乃发生。”开头用一个“好”字来赞美春雨。把雨拟人化，说它“知时节”，仿佛知道人间万物对雨水的渴求而专程赶来。后两句将春雨的形象进一步刻画描绘，“潜入夜”和“细无声”相配合，不仅表明春雨是伴随和风而来的细雨，而且表明其有意“润物”，无意讨“好”的可贵品质，它选择了一个不妨碍人们劳动和生活的时间悄悄地来，在人们酣睡的夜晚无声地、细细地下。如此善解人意的春雨，怎会不让人喜呢？“野径云俱黑，江船火独明。”屋外只有船上的灯火是明的，江面看不见，小路也辨不清，天空中全是黑沉沉的云。由此可见夜有多黑，雨有多密。十个字精妙传神地渲染出春雨迷蒙、色彩迷离的氛围。“晓看红湿处，花重锦官城。”尾联脱离眼前景，转写想象中的景色。经过这可爱春雨一夜的洗礼浸润，明天清晨的锦官城（成都）必然是一片“红湿”，朵朵色彩斑斓、娇嫩欲滴的鲜花将把这座古老的城市装扮得绚烂多彩。全诗通篇流露出诗人对春夜细雨的无限喜爱及对其无私奉献品质的赞美之情。

背景

这首诗写于唐肃宗上元二年（761）春。杜甫在经过一段时间的流离转徙的生活后，终于来到成都定居，开始了在蜀中的一段较为安定的生活。本诗便是这一时期杜甫心境的表达。

名家点评

〔明〕周珽：此诗妙在春时雨，首联便得所喜之故，后摹雨景入细，而一结见春，尤有可爱处。(《删补唐诗选脉会通评林》)

〔清〕浦起龙：起有悟境，于“发生”悟出“知时”也。五六拓开，自是定法。结语亦从悟得，乃是意其然也。通首下字，从咀含而出。“喜”意都从罅缝里迸透。(《读杜心解》)

刘方平

刘方平，生卒年不详，约唐开元、天宝年间在世，洛阳（今河南洛阳）人。天宝前期曾应进士试，又欲从军，均未如意，从此隐居颍水、汝河之滨，终生未仕。工诗，善画山水。其诗多写闺情、乡思，艺术性较高，善于寓情于景，意蕴无穷。代表诗作有《月夜》《春怨》等。

寂寞空庭春欲晚，梨花满地不开门

春怨

唐·刘方平

纱窗日落渐黄昏，金屋无人见泪痕。
寂寞空庭春欲晚，梨花满地不开门。

注释

金屋：原指汉武帝少时金屋藏娇之事。这里指妃嫔所住的华丽宫室。

空庭：幽寂的庭院。

欲：将要。

简析

这是一首宫怨诗，描写了宫人色衰失宠、无人问津的凄凉处境，同时也借以隐喻诗人自己的身世和命运。

“纱窗日落渐黄昏”，屋内的光线随着黄昏降临而越来越昏暗，使无人的“金屋”显得更加凄凉。“金屋无人见泪痕”点明主题，借汉武帝幼时愿以金屋藏阿娇（陈皇后小名）的典故，表明所写之人是幽闭于宫中的女子。主人公身在孤寂的环境之中，纵然落泪也无人得见，无人同情。“寂寞空庭春欲晚”，由内及外，由近及远，从屋内的黄昏渐临写到屋外的春晚花落，从近处的屋内无人写到远处的庭院空空。院中也寂无一人，又是花事已了的暮春时节，这就使“金屋”中的人感到更孤寂了，从而将“寂寞”的氛围渲染至极。末句“梨花满地不开门”，对诗中之人起陪衬作用，富有隐喻意味，使深闺主人公与满地梨花两相衬映。

诗中人的怨情给人以美人迟暮之感，“日落”，“黄昏”，“春欲晚”，“梨花满地”，都象征着诗中人的命运和结局。全诗委婉含蓄，主要通过侧面描写将寂寞孤苦之感表达得入木三分，耐人寻味。

背景

这首诗描写了闺中女子无人问津的凄凉处境，同时也借以隐喻诗人自己的身世和命运。

名家点评

〔明〕唐汝询：一日之愁，黄昏为切；一岁之怨，春暮居多。此时此景，宫人之最感慨者也。不忍见梨花之落，所以掩门耳。(《唐诗解》)

〔近代〕俞陛云：首二句言黄昏窗下，虽贵居金屋，时有泪痕。李白诗“但见泪痕湿，不知心恨谁”，愁深泪湿，尚有人窥。此则于寂寞无人处泪尽罗巾，愈可悲矣。后二句言本甘寂寞，一任春晚花飞，朱门深掩，安有余绪怜花？结句不事藻饰，不诉幽怀，淡淡写来，而春怨自见。(《诗境浅说续编》)

岑　参

岑参（约715—770），江陵（今湖北荆州）人。天宝进士，曾随安西节度使高仙芝到过安西，后来往于北庭、轮台间。官至嘉州刺史，后世称岑嘉州。卒于成都。

岑参是唐代边塞诗人中成就最高者。其边塞诗擅长描写西北塞上风光和战争景象，想象丰富新奇，气势豪放雄健，情辞慷慨激越。岑诗中，以七言歌行和七绝成就最高。有《岑嘉州诗集》传世。

老人七十仍沽酒，千壶百瓮花门口

戏问花门酒家翁

唐·岑参

老人七十仍沽酒，千壶百瓮花门口。
道傍榆荚巧似钱，摘来沽酒君肯否。

注释

沽：买或卖。首句的“沽”是卖的意思，末句的“沽”是买的意思。

花门：即花门楼，凉州（今甘肃武威）馆舍名。花门口指花门楼口。

榆荚：榆树的果实。春天榆树枝条间生榆荚，形状似钱而小，色白成串，俗称榆钱。

简析

这是一首新颖有趣的生活抒情小诗，诗人在经历了辛苦旅程之后，在欣赏道旁榆钱初绽春色的同时，用诗歌记录了老人安然沽酒待客的画面。

开头两句“老人七十仍沽酒，千壶百瓮花门口”用白描手法，写老翁待客、美酒飘香的情景，描画了一幅盛唐时代边塞安定和谐的风俗画。三、四两句“道傍榆荚巧似钱，摘来沽酒君肯否”十分有趣，诗人领略了道旁榆钱初绽的春色和老人安然沽酒待客的和谐画面，自己也按捺不住内心的喜悦心情，遂用轻松、诙谐的话语戏问那位当垆沽酒的七旬老翁：“老人家，摘一串榆钱来买您的美酒怎么样呀？”一句玩笑话大胆随性，令人捧腹。诗人丰富的想象，把生活化成了诗，从中可充分感受到盛唐时代人们乐观、开阔的胸襟。这首诗用口语化的语言，写眼前景物、人物栩栩如生，十分诙谐、幽默。

背景

唐玄宗天宝十载（751）旧历三月，安西节度使高仙芝调任河西节度使。岑参当时在高仙芝幕府供职，也和其他幕僚一道跟随高仙芝来到春光初临的凉州城中，见有老人卖酒，写下了这首别具一格的小诗。

名家点评

〔唐〕杜确：每一篇绝笔，则人人传写，虽闾里士庶，戎夷蛮貊，莫不讽诵吟习焉。(《岑嘉州诗集序》)

韩 翃

韩翃（hóng），生卒年不详。南阳（今属河南）人。唐天宝进士，“大历十才子”之一。其诗作多为酬赠之作，笔法轻巧，写景别致。有《韩君平诗集》。

春城无处不飞花，寒食东风御柳斜

寒食

唐 · 韩翃

春城无处不飞花，寒食东风御柳斜。
口暮汉宫传蜡烛，轻烟散入五侯家。

注释

寒食：古代在清明节前两天的节日，禁火三天，只吃冷食，所以称寒食。

御柳：御苑之柳，指皇城中的柳树。

传蜡烛：寒食节普天下禁火，但公侯之家可得到皇帝恩赐的蜡烛。

五侯：史书记载后汉桓帝曾在一天中封了五个得宠的宦官为侯，世称五侯，此处暗指唐代的宦官近臣。

简析

一般认为，这是一首政治讽喻诗，诗人借寒食节的皇城景象表达对宦官专权的不满。

“春城无处不飞花，寒食东风御柳斜。”前两句描写了如画的皇城风光，“无处不”有效地烘托出全城皆已沉浸于浓郁春意之中的盛况。“飞”字充满动感，描绘了落花随风飞舞的暮春景色，给人以强烈的视觉冲击。“日暮汉宫传蜡烛，轻烟散入五侯家。”在交代了暮春时分的景色之后，诗人笔锋一转，写夜幕降临后，宫里宫外来来往往传递蜡烛，袅袅青烟传入五侯府的景象，使人如见蜡烛之光，如闻轻烟之味。皇帝御赐的火烛本应赐给贤臣良将，如今却传入了五个败坏朝政的宦官府中，讽刺意味明显，入木三分。除了以上理解之外，从当时皇帝到一般朝士，都偏爱该诗，历来评价也很高。所以也有人认为作者未曾刻意求深，只是诗人对皇都春色的陶醉和对盛世承平的歌咏而已。

背景

中唐以后，宦官受到重用，专擅朝政，国家政治日益腐败。作者对此深感忧愤，借汉代典故嘲讽时弊。但因诗作写得富有诗情画意，也可理解为对皇帝恩泽的称颂，因此受到唐德宗的称赏。

名家点评

〔清〕吴乔：唐之亡国，由于宦官握兵，实代宗授之以柄。此诗在德宗建中初，只“五侯”二字见意，唐诗之通于《春秋》者也。(《围炉诗话》)

〔清〕宋顾乐：气骨高妙不待言，用“五侯”寓讽更微。(《唐人万首绝句评选》)

〔清〕宋宗元：不用禁火而用赐火，烘托入妙（末二句下）。(《网师园唐诗笺》)

张志和

张志和（约730—810），字子同，本名龟龄。金华（今属浙江）人。唐肃宗时待诏翰林。后隐居江湖间，自称“烟波钓徒”，著有《玄真子》等。

西塞山前白鹭飞，桃花流水鳜鱼肥

渔歌子

唐·张志和

西塞山前白鹭飞，桃花流水鳜鱼肥。
青箬笠，绿蓑衣，斜风细雨不须归。

注释

渔歌子：原是曲调名，后来人们根据它填词，又成为词牌名。

西塞山：在今浙江省湖州市西面。

白鹭：一种白色的水鸟。

桃花流水：桃花盛开的季节正是春水盛涨的时候，俗称桃花汛或桃花水。

鳜鱼：俗称“花鱼”“桂鱼”。扁平、口大、鳞细、黄绿色，味道鲜美。

箬笠：用竹篾、箬叶编的斗笠。

蓑衣：用草或棕麻编织的雨衣。

简析

这是一首描写渔夫生活的小词，既描绘了江南水乡春汛时节捕鱼的场景，又展现了作者的渔隐之乐。

首句“西塞山前白鹭飞”，“西塞山前”点明地点，“白鹭”则象征闲适，写白鹭自在地飞翔，衬托渔父的悠闲自得。次句“桃花流水鳜鱼肥”，南方每年二三月间，桃花盛开的季节正是春水盛涨的时候，作者没有简单地说春汛到来，而是用“桃花流水鳜鱼肥”来描写，这就更能勾起读者的想象，使人们仿佛看见了两岸盛开的红艳艳的桃花，以及江南肥美的鳜鱼不时跃出水面的情景。这里桃红与水绿相映，呈现了暮春西塞山前的湖光山色，渲染了渔父的生活环境。“青箬笠，绿蓑衣，斜风细雨不须归。”末两句描写了渔父捕鱼的情态。“斜风”即微风。渔父头戴青箬笠，身穿绿蓑衣，在微风细雨中乐而忘归。全诗着色明快，用语活泼，生动表现了渔父悠然自得的生活情趣，寄托了作者对大自然的热爱和对渔隐生活的向往之情。

背景

唐代宗大历七年（772）九月，颜真卿任湖州刺史，次年到任。张志和驾舟往谒，时值暮春，桃花水涨，鳜鱼肥美，他们即兴唱和，张志和首唱，作词五首，这首词是其中之一。

名家点评

〔清〕刘熙载：张志和《渔歌子》“西塞山前白鹭飞”一阕，风流千古。东坡尝以其成句用入《鹧鸪天》，又用于《浣溪沙》，然其所足成之句，犹未若原词之妙通造化也。(《艺概》)

〔清〕黄苏：数句只写渔家之自乐其乐，其乐无风波之患。对面已有不能自由者。已隐跃言外，蕴含不露，笔墨入化，超然尘埃之外。(《蓼园词选》)

孟 郊

孟郊（751—814），字东野，湖州武康（今浙江德清）人。早年困顿，漫游于湖北、湖南、广西等地。屡试不第，五十岁中进士，任溧阳县尉。在阌乡（今河南灵宝）暴疾而亡。

孟郊作诗苦心孤诣，多穷愁之词，感伤自身遭遇，属苦吟诗派。孟郊与贾岛齐名，有“郊寒岛瘦”之称。有《孟东野诗集》。

春风得意马蹄疾，一日看尽长安花

登科后

唐·孟郊

昔日龌龊不足夸，今朝放荡思无涯。
春风得意马蹄疾，一日看尽长安花。

注释

龌龊：原意是肮脏，这里指不如意的处境。

夸：提起。

放荡：自由自在，无所约束。

无涯：没有边际。

简析

这是一首用夸张手法表达诗人登科之后意气风发的抒情诗。“昔日龌龊不足夸，今朝放荡思无涯。”开头把诗人困顿的往昔和得意的今天对比，一吐心中郁积多年的烦闷，酣畅淋漓地抒发了心花怒放的得意之情。“春风得意马蹄疾，一日看尽长安花”一句脍炙人口，生动形象地抒发了一时间的欢快情绪，成为流传千古的名句。“春风”既是自然界的春风，也象征诗人感到的可以大有作为的美好前景。“得意”，既表达出考中进士以后的洋洋自得，也有因时来运转，终得平生所愿，进而展望前程的踌躇满志。“一日看尽长安花”写登科后的诗人走马观花长安城，仿佛一天就赏尽了世间美景，得意之情的表达明快畅达，毫不遮掩。诗歌也令长驱在理想道路上的人们产生了共鸣，因而成为经典，千古传颂。

背景

公元796年（唐贞元十二年），年届46岁的孟郊第三次赴京科考，终于登上了进士第。放榜之日，孟郊喜不自胜，当即写下了这首快诗。

名家点评

〔南宋〕周紫芝：余尝读孟东野《下第》诗云：“弃置复弃置，情如刀剑伤。”及登第，则自谓“春风得意马蹄疾，一日看尽长安花。”一第之得失，喜忧至于如此，宜其虽得之而不能享也。（《竹坡诗话》）

〔明〕瞿佑：东野诗如“食荠肠亦苦，强歌声无欢。出门即有碍，谁谓天地宽？”……气象如此，宜其一生踽蹐也。惟《登第》云：“春风得意马蹄疾，一日看尽长安花。”颇放绳墨。然长安花，一日岂能看尽？此亦谶其不至远大之兆。(《归田诗话》)

〔明〕陆时雍：末二句似古诗语，不类绝句常调。(《唐诗镜》)

韩　愈

韩愈（768—824），字退之，河南河阳（今河南孟州）人。韩愈是唐代古文运动的倡导者，被后人尊为“唐宋八大家”之首，与柳宗元并称“韩柳”。他提出的“文道合一”“气盛言宜”“务去陈言”“文从字顺”等散文的写作理论，对后人很有指导意义。韩愈的诗，风格多样，气势雄伟，想象丰富，形象奇特。

白雪却嫌春色晚，故穿庭树作飞花

春雪

唐・韩愈

新年都未有芳华，二月初惊见草芽。
白雪却嫌春色晚，故穿庭树作飞花。

注释

都：全部。

芳华：花朵盛开，诗中代指春景。

初惊：刚至惊蛰节气，为二十四节气之一，在农历二月。

草芽：春季新草长出的嫩芽。

简析

诗人以《春雪》为题，却不见对雪的直接描写，重点全在春意。

“新年都未有芳华，二月初惊见草芽。”已至新年却不见春意之新，芳华全无，一个“都”字传达出诗人的急切、失落之感。一直到了二月惊蛰时分，万物开始萌动生长，才隐约看到了新发的草芽。一个“惊”字又见诗人对春日的期待和企盼，新奇、惊喜之感油然而生。

“白雪却嫌春色晚，故穿庭树作飞花。”在万物复苏的初春时节，诗人正盼望着春回大地的美景，不想却迎来了调皮的白雪纷纷飘落。在诗人看来，非但不因此失落，甚至觉得白雪片片亦是春日飞花。雪在诗人的笔下有了生命力，白雪的降落是因为“嫌”春日太迟，而“穿庭树”“作飞花”将飘雪拟人化，极富动感和生趣，白雪飘散恰似飞花满天，彰显出优美雅致的情趣。作者企盼春日，也乐于欣赏冬季的余韵，传递出此时悠闲快活的心境。诗人善用比拟，新颖别致，而写春写雪皆注重自然，不见穿凿，是诗史上写景之佳句。

背景

此诗为唐代著名诗人韩愈新年所作，描写了二月初春的雪景，传达出诗人愉快轻松的心境。

名家点评

〔清〕朱彝尊：常套语，然调却流快。(《批韩诗》)

〔现代〕富寿荪：以飞雪喻花，本是诗中常语，妙在“白雪却嫌春色晚”句，先拓开一层，意境顿异，别有情趣。(《千首唐人绝句》)

白居易

白居易（772—846），字乐天，号香山居士，又号醉吟先生。原籍太原，后迁居下邽（今陕西渭南）。

白居易是一位伟大的现实主义诗人，也是唐代新乐府运动的倡导者，其有3000首诗歌传世，是唐代诗人中作品流传最多的一位。其诗作语言通俗，传说老妪也能听懂。与元稹并称“元白”。有《白氏长庆集》等。

人间四月芳菲尽，山寺桃花始盛开

大林寺桃花

唐·白居易

人间四月芳菲尽，山寺桃花始盛开。
长恨春归无觅处，不知转入此中来。

注释

芳菲：花朵。

尽：指花凋谢。

山寺：指大林寺。

始：才，刚刚。

长恨：常常惋惜。

觅：寻找。

简析

此诗写初夏四月作者游赏大林寺时的所见所感。此时山下芳菲已尽，而不期在山寺中遇上了一片刚刚盛开的桃花，进而表达了诗人对春天的无限眷恋和热爱。

“人间四月芳菲尽，山寺桃花始盛开。”作者把人间“芳菲尽”与山寺桃花“始盛开”进行对比，突出山寺桃园仙境般的美景，表现了作者发现山中花开的惊喜之情，给人留下无限的遐想。本诗表面上是记事写景，实际表现了一种感情和思绪上的跳跃——由一种愁绪满怀的叹逝之情突变至惊异、欣喜。而且在首句开头，诗人着意用了“人间”二字，相比之下，“山寺”也许就是给诗人以宽慰的仙境。“长恨春归无觅处，不知转入此中来。”后两句把春光拟人化，春光仿佛一位仙子，可以转来躲去，跟世人捉起了迷藏。诗人曾因春光易逝怅恨不已，加之自身遭贬的境遇，于是迁怒于春去的无情，但谁知却是错怪了春，原来春并未归去，只不过偷偷地躲到山上罢了。全诗浅白如话却意趣盎然，结尾生动可爱，富有童趣。

背景

此诗作于唐宪宗元和十二年（817）四月。遭遇贬谪的白居易时任江州（今江西九江）司马，年四十六岁。

名家点评

〔北宋〕沈括：白乐天《游大林寺》诗云："人间四月芳菲尽，山寺桃花始盛开。"盖常理也。此地势高下之不同也。(《梦溪笔谈》)

〔清〕宋长白：白香山与元集虚十七人游庐山大林寺，时已孟夏，见桃花盛开，乃作诗曰："人间四月芳菲尽……"梅花尼子行脚归，有诗曰："着意寻春不见春，芒鞋踏破岭头云。归来笑捻梅花嗅，春花枝头已十分。"二绝可谓得禅机三昧矣。(《柳亭诗话》)

〔清〕黄周星：只恐"此中"亦不能久驻，奈何！(《唐诗快》)

花非花，雾非雾

花非花

唐·白居易

花非花，雾非雾。
夜半来，天明去。
来如春梦几多时？
去似朝云无觅处。

注释

花非花：《花非花》词牌始于此，显然由七言绝句演变而来。

来如：来的时候。

几多时：没有多少时间。

朝（zhāo）云：此借用楚襄王梦巫山神女的典故。宋玉《高唐赋》序云：妾在巫山之阳，高丘之阻，旦为朝云，暮为行雨，朝朝暮暮，阳台之下。

简析

这是一首短小精美的感伤诗，字词简浅却意境朦胧。

“花非花，雾非雾。”像花不是花，像雾又不是雾。全诗开篇即给人一种捉摸不定的感觉，表现了所咏之物的短暂易逝，难以长久。“夜半来，天明去。来如春梦几多时？去似朝云无觅处。”诗人以“春”饰梦，说明这种感觉像做美梦一样，而“几多时”一问，则说明感觉虽好，但春梦毕竟难以长久，这如朝霞般的美好情景，一旦飘然逝去，就再也无法找寻，这怎能不令人感到无限追思和怅惘？本诗抒发了作者对人生如梦幻泡影，如雾亦如电的感慨。全诗短小却精美，语言浅显却意境深幽，如云行水流，自然成文，反复以鲜明的形象突出一个未曾说明的寓意：美好事物的易逝。而此诗只见喻体而不知本体，耐人寻思，富有朦胧美感。

背景

本诗为《白氏长庆集》中的一首感伤诗，约创作于长庆三年（823）以前，与《真娘墓》《简简吟》两首悼亡之作同卷，编次其后。从诗意来看，亦属作往事虽美，却如梦如云、不复可得之叹。

名家点评

〔明〕杨慎：白乐天之辞，予独爱其《花非花》一首，盖

其自度之曲，因情生文者也。“花非花，雾非雾”，虽《高唐》《洛神》，绮丽不及也。(《词品》)

〔明〕茅暎：此乐天自谱体也，语甚趣。(《词的》)

乱花渐欲迷人眼，浅草才能没马蹄

钱塘湖春行

唐・白居易

孤山寺北贾亭西，水面初平云脚低。
几处早莺争暖树，谁家新燕啄春泥。
乱花渐欲迷人眼，浅草才能没马蹄。
最爱湖东行不足，绿杨阴里白沙堤。

注释

钱塘湖：即杭州西湖。

云脚：接近地面的云气，多见于将雨或雨初停时。这里指低垂的云。

暖树：向阳的树。

新燕：刚从南方飞回来的燕子。

欲：将要，就要。

湖东：以孤山为参照物，白沙堤（即白堤）在孤山的东北面。

行不足：百游不厌。足，满足。

阴：同“荫”，指树荫。

简析

这是一首描写西湖颇具盛名的七言律诗。全诗通过对早春西湖明媚风光的描绘，抒发了诗人游湖的喜悦和对钱塘风景的由衷赞美。

“孤山寺北贾亭西，水面初平云脚低。”首联总写湖水：读者随诗人的脚步春行至孤山寺北，贾公亭西，举目远眺，湖水如镜，与岸齐平，也说明了这一天天气的晴朗无风。“云脚低”从另一角度反衬湖水新涨之后的湖面之高，笔法高妙。“几处早莺争暖树，谁家新燕啄春泥。”“几处”和“谁家”用词极有分寸,准确反映了初春时景物的特点。“争”字让人感到春光的难得与宝贵。“啄”则写出燕子忙碌而兴奋的状态，通过早莺的活泼和新燕的忙碌彰显出初春湖畔的勃勃生机。“乱花渐欲迷人眼，浅草才能没马蹄”。初春时节百花绽放只能是渐开渐盛，“渐欲”二字足见诗人观察之细，用词之准确。“迷人眼”则写野花色彩斑斓，令人目不暇接，美景与人的感受相互交织。“最爱湖东行不足，绿杨阴里白沙堤。”湖东景色，令人流连忘返，最为可爱的，还是那绿杨掩映的白沙堤。以“行不足”说明自然景物美不胜收。这首诗情景相协、动静相宜，写出了诗人陶醉于初春湖光山色之美的情态，令人心旷神怡。

背景

唐穆宗长庆二年（822）七月，白居易被任命为杭州刺史，唐敬宗宝历元年（825）三月又出任了苏州刺史，所以这首《钱塘湖春行》写于长庆三四年（823—824）间的春天。

名家点评

〔明〕金圣叹：前解先写湖上。横开则为寺北亭西，竖展则为低云平水，浓点则为早莺新燕，轻烘则为暖树春泥。写湖上，真如天开图画也。后解方写春行。花迷，草没，如以戥子称量此日春光之浅深也。“绿杨阴里白沙堤”者，居于如是浅深春光中，幅巾单袷，款段闲行，即此杭州太守白居士也。(《贯华堂选批唐才子诗》)

〔清〕何焯：平平八句，自然清丽，小才不知费多少妆点。(《唐律偶评》)

〔清〕宋宗元：娟秀无比。(《网师园唐诗笺》)

日出江花红胜火，春来江水绿如蓝

忆江南

唐·白居易

江南好，风景旧曾谙。日出江花红胜火，春来江水绿如蓝。能不忆江南?

注释

忆江南：唐教坊曲名。

谙（ān）：熟悉。

江花：江边的花朵。

如：用法犹“于”，有胜过的意思。

蓝：蓝草，其叶可制青绿染料。

简析

这首词写作者对江南的美好回忆，描绘了江南水乡的秀丽风光，唤起人们对大好河山和美好事物的无限热爱。

全词以“江南好”开篇，直抒胸臆。一个浅显又高度概括的“好”字，摄尽江南春色的种种佳处，而作者的赞颂之意与向往之情也体现得直接而彻底。次句“风景旧曾谙”，点明江南风景之“好”，作者并非人云亦云，而是居杭州时的亲身体验与亲身感受，这就既落实了“好”字，又照应了“忆”字。“日出江花红胜火，春来江水绿如蓝。”三、四两句对江南之“好”做一连串的比喻，突出渲染江花、江水红绿相映的明艳色彩，给人以光彩夺目的强烈印象。其中，既有同色间的相互烘托，又有异色间的相互映衬，充分显示了作者善于着色的技巧。篇末以“能不忆江南”收束，既表达了身在洛阳的作者对江南春色的无限赞叹与怀念，又造成一种悠远而又深长的韵味，唤起人们对美好景物的无限热爱。

背景

白居易曾经担任杭州刺史，在杭州两年。后来又担任苏州刺史，任期也一年有余。因此，他对江南有着相当的了解，江南在他的心目中也留有深刻印象。此篇当是其因病卸任苏州刺史回到洛阳十余年后写下的作品。

名家点评

〔明〕沈际飞：较宋词自然有身分，不知其故。(《草堂诗余别集》)

〔明〕卓人月：徐士俊云：“非生长江南，此景未许梦见。”(《古今词统》)

〔清〕王奕清：白乐天《长相思》《望江南》，缛丽可爱，非后世作者可及。(《历代词话》)

低花树映小妆楼，春入眉心两点愁

春词

唐·白居易

低花树映小妆楼，春入眉心两点愁。
斜倚栏干背鹦鹉，思量何事不回头。

注释

春词：春怨之词。

妆楼：华美的楼房，古代常指富家女子的居处。

背鹦鹉：背对鹦鹉。

思量：思忖。

简析

这是一首伤春闺怨诗，表达了闺中女子伤春伤别的心绪。

首句“低花树映小妆楼”点明描写对象是富家的青年女子，环境是浅花绿树掩映下的小楼。“春入眉心两点愁”，本是阳光明媚的春日，但女子的眉心却萦绕着两点愁思。一个“愁”字直接写出了女主人公的不快与幽怨，奠定了全诗的感情基调。“斜倚栏干背鹦鹉”一句生动刻画一位斜倚栏杆、背朝鹦鹉愁眉紧琐的女子形象。女子伤春伤别，之所以背向鹦鹉，怕的是鹦鹉学舌，勾起伤心往事。最妙是结尾“思量何事不回头”这句，没有说明其“愁”，只是点出一句“思量何事”，引得读者自去联想，给全诗带来了一种艺术感和神秘感，供读者体味。全诗虽篇幅短小，但人物刻画生动，意境深远，诗意别出心裁，堪称佳作。除此之外，这首诗也蕴含了作者对自身处境的愤慨和失望，委婉地借闺妇伤春的愁思表达自己的愁苦之情。

背景

这首诗作于大和三年（829）春天。这时朝中宦官气焰日张，白居易的好友宰相韦处厚已经逝世，李宗闵勾结宦官将出任宰相，政敌王涯也于这年正月自山南西道节度使入为太常卿。所以是年春天，对作者来说是个极不愉快的季节。白居易宦途中的突然打击，使他的处境如同闺妇一般，而对这种处境的愤怒和失望却又表达得如此委婉，体现了诗人“怨而不怒”的修养。

名家点评

〔明〕陆时雍：每觉浅处藏情。（《唐诗境》）

〔清〕爱新觉罗·弘历：艳体，妙于蕴藉。（《唐宋诗醇》）

刘禹锡

刘禹锡（772—842），字梦得，河南洛阳人，有“诗豪”之称。刘禹锡诗文俱佳，涉猎题材广泛，与柳宗元并称“刘柳”，与韦应物、白居易合称“三杰”，并与白居易合称“刘白”。其诗自然流畅、简练爽利，有《陋室铭》《竹枝词》《乌衣巷》等名篇传世。

行到中庭数花朵，蜻蜓飞上玉搔头

和乐天春词

唐 · 刘禹锡

新妆宜面下朱楼，深锁春光一院愁。
行到中庭数花朵，蜻蜓飞上玉搔头。

注释

春词：春怨之词。“春词”为白居易原诗题目。

宜面：一作“粉面”，指脂粉涂抹得与容颜相宜。

朱楼：红漆的楼房，多指富贵女子的居所。

玉搔头：玉簪，可用来搔头，故称。

简析

这是一首呼应白居易《春词》的唱和之作，也是通过描写深闺女子的愁绪，暗含对自身境遇的哀怨之感，但两首诗的表现方式却各有不同，值得玩味。

“新妆宜面下朱楼”写女主人公浓妆艳抹打扮一新步下红楼。“宜面”二字，说明她妆扮讲究，因为心情好的时候才会认真梳妆打扮，所以这里也暗示了女主人公一丝喜悦的心情。“深锁春光一院愁”，第二句笔锋一转，是说下得楼来，满眼春意盎然，一片生机勃勃，然而庭院深深，院门紧锁，大好春色无人同赏，更生出寂寞愁思。“行到中庭数花朵，蜻蜓飞上玉搔头。”愁苦的心情，使她再也无心赏玩，只好用“数花朵”来排遣郁闷。就在她默默地数着时，“蜻蜓飞上玉搔头”，这是十分精彩的一笔，含蓄地刻画出女主人公沉浸在愁苦中的凝神伫立的情态，也暗示了这位女主人公有着花朵般的容貌，以至于常在花中的蜻蜓也错把美人当花朵，轻轻飞上玉搔头。同时，也意味着她的处境如深锁庭院的花儿一样，无人赏识，只能引来无情的蜻蜓。

背景

这首诗为和白居易《春词》(“低花树映小妆楼，春入眉心两点愁。斜倚栏干背鹦鹉，思量何事不回头？”）而作，约创作于唐大和三年（829）前后。两诗写闺中怨妇的心不在焉，如出一辙，与作者仕途受挫的境遇密切相关。

名家点评

〔清〕宋顾乐：末句无谓，自妙。细味之，乃摹其凝立如痴光景耳。(《唐人万首绝句选评》)

〔近代〕俞陛云：此春怨词也，乃仅曰“春词”，故但写春庭闲事，而怨在其中。第二句言一院春愁，即其本意。(《诗境浅说续编》)

唯有牡丹真国色，花开时节动京城

赏牡丹

唐 · 刘禹锡

庭前芍药妖无格，池上芙蕖净少情。
唯有牡丹真国色，花开时节动京城。

注释

妖：艳丽、妩媚。

格：骨格。无格指格调不高。

芙蕖：荷花的别名。

国色：原意为一国中姿容最美的女子，此指牡丹花色卓绝，艳丽高贵。

简析

这是一首脍炙人口的咏牡丹诗。题为“赏牡丹”，诗人却没有从正面来写牡丹的姿色，而是通过芍药、荷花的对比，以及观赏者的反应来衬托牡丹之美。

“庭前芍药妖无格，池上芙蕖净少情。”芍药妖艳而品格有伤，荷花素净却少了风情。前两句采用衬托的手法，为主角牡丹的出场作铺垫。第三句“唯有牡丹真国色”笔锋一转，从正面赞颂牡丹。“唯有”一词，突出强调了牡丹绝世独立的风姿，流露出诗人对牡丹的偏爱。“花开时节动京城”写出了人们倾城而出观赏牡丹的热闹景象，虽只字未提牡丹的色香，但可以想见其无与伦比的姿色，使得全京城的人们都为之轰动，竞相品赏。“动”字巧妙，仿佛看到了当时人们为了观赏牡丹而万人空巷、人头攒动的热闹场面。

其实，花木本无所谓格调高下和感情的多寡，但诗人用拟人和烘托的手法赞颂牡丹，蕴含着诗人独特的审美情趣。全诗短短四句，囊括了三种名花，并对其做了品评。为了突出牡丹的品格风韵，诗人不惜贬低芍药、芙蕖，使人印象深刻。

背景

牡丹是中国特产的名花，春末开花，花大而美。唐代高宗、武后时始从汾晋（今山西汾河流域）移植于京城，玄宗时犹视为珍品。此诗即写唐人赏牡丹的盛况。

名家点评

〔现代〕瞿蜕园：禹锡于贞元末尚未多见牡丹，而今大和中重入长安，牡丹又已不复为新奇之物矣。宜其不能已于咏叹也。(《刘禹锡集笺证》)

朱雀桥边野草花，乌衣巷口夕阳斜

乌衣巷

唐·刘禹锡

朱雀桥边野草花，乌衣巷口夕阳斜。
旧时王谢堂前燕，飞入寻常百姓家。

注释

乌衣巷：金陵城内街名，位于秦淮河之南，与朱雀桥相近。三国时期吴国曾设军营于此，为禁军驻地。由于当时禁军身穿黑色军服，所以俗称此地为乌衣巷。在东晋时王导、谢安两大家族都居住在乌衣巷，人称其子弟为“乌衣郎”。入唐后，乌衣巷沦为废墟。

朱雀桥：六朝时金陵正南朱雀门外横跨秦淮河的大桥，在今江苏省南京市江宁区。

王谢：王导、谢安，晋相，世家大族，贤才众多，皆居巷中，冠盖簪缨，为六朝巨室。

寻常：平常。

简析

这是组诗《金陵五题》中的一篇，是刘禹锡最得意的怀古名篇之一。

首句“朱雀桥边野草花”写昔日行人如织的朱雀桥畔长满了野草和野花，一个“野”字，给景色增添了一丝荒凉偏僻之感。第二句“乌衣巷口夕阳斜”将目光转至承载了无限历史沧桑的乌衣巷。黄昏时分，夕阳西下，再点上一个“斜”字，更凸显了日薄西山的寂寥、惨淡之景。前两句通过对景物的描写，已经营造出一种历史沧桑的环境氛围，为后面感发历史兴叹做好了铺垫。

“旧时王谢堂前燕，飞入寻常百姓家。”后两句将笔触从静止的景物转向了乌衣巷上空正在就巢的飞燕，诗人由飞入百姓家的燕子，不禁引发无限历史怅想，今天的燕子也许是当年栖息在王谢权门高大厅堂的旧燕之后吧，而如今的乌衣巷却已成为普通的百姓人家了。通过对比，暗示了乌衣巷昔日的繁荣，强调了历史变迁的不可捉摸。“寻常”二字，更是突出了今日的居民是多么不同于往昔，抒发了诗人对沧海桑田的无限感慨。全诗含蓄蕴藉，富有历史的哲理，读来余味无穷。

背景

唐敬宗宝历二年（826），刘禹锡由和州（今安徽省和县）刺史任上返回洛阳，途经金陵（今江苏省南京市），写了这一组咏怀古迹的诗篇，总名《金陵五题》，其中第二首即《乌衣巷》。

名家点评

〔明〕桂天祥：有感慨，有讽刺，味之自当泪下。(《批点唐诗正声》)

〔清〕范大士:总见世异时殊，人更物换，而造语妙。(《历代诗发》)

〔清〕施补华：若作燕子他去，便呆。盖燕子仍入此堂，王谢零落，已化作寻常百姓矣。如此则感慨无穷，用笔极曲。(《岘佣说诗》)

元 稹

元稹（779—831），字微之，河南河内（今河南洛阳）人。唐德宗贞元九年（793）明经及第，曾任监察御史、通州司马等。

元稹与白居易为好友，常相唱和，世称“元白”。其诗风格也与白居易相近，元诗与白诗合称“元白体”。曾撰传奇《莺莺传》，另有诗文集《元氏长庆集》。

不是花中偏爱菊，此花开尽更无花

菊花

唐·元稹

秋丛绕舍似陶家，遍绕篱边日渐斜。
不是花中偏爱菊，此花开尽更无花。

注释

秋丛：指丛丛秋菊。

舍：居住的房子。

陶家：陶渊明的家。

更：再。

简析

这是一首咏菊诗，通过对比赞美了菊花历尽风霜而后凋的坚贞品格。

“秋丛绕舍似陶家”，秋丛，即丛丛的秋菊，可见花开之盛。一个“绕”字写出了屋外所种菊花之多，给人以环境幽雅有序之感。东晋陶渊明最爱菊，家中遍植菊花。“采菊东篱下，悠然见南山”(《饮酒》)是他的名句。这里将种菊的地方比作“陶家”，仿佛能看到秋菊满院盛开的景象，读来令人心情愉悦。第二句“遍绕篱边日渐斜”中“遍绕”“日渐斜”写诗人被菊花深深吸引，表现了诗人对菊花浓厚的兴趣和喜爱，把诗人赏菊入迷、流连忘返的情态写得生动传神，勾勒出一幅诗人在秋日傍晚漫步赏花而乐不思返的画面。“不是花中偏爱菊，此花开尽更无花。”诗人最后点明爱菊的原因：菊花在百花之中是最后凋谢的，唯有菊花能凌风霜而不凋，一旦菊花也凋尽，便无花景可赏了，饱含着对菊花历尽风霜而后凋的坚贞品格的赞美。诗人从平常的题材中发掘诗意，看似平淡，却极有深意，通过赞美菊花的美好品质，表达了对坚贞高尚品格的追求。

背景

本诗约创作于唐贞元十八年（802），诗人时在长安，借赞美菊花的品质托物言志，表达了自己对高尚品格的追求。

名家点评

〔南宋〕吴曾：李和文公作《咏菊望汉月》词，一时称美。云：“黄菊一丛临砌，颗颗露珠妆缀。独教冷落向秋天，恨东君不曾留意。雕栏新雨霁，绿藓上乱铺金蕊。此花开后更无花，愿爱惜莫同桃李。”时，公镇澶渊。寄刘子仪书云：“澶渊营妓，有一二擅喉啭之技者。唯以‘此花开后更无花’为酒乡之资耳。”“不是花中唯爱菊，此花开后更无花”，乃元微之诗，和文述之尔。(《能改斋漫录》)

杜 牧

杜牧（803—852），字牧之，号樊川居士，京兆万年（今陕西西安）人。杜牧的诗歌以七言绝句著称，内容以咏史抒怀为主，其诗英发俊爽，多切经世之物，在晚唐成就颇高。杜牧人称“小杜”，以别于杜甫，与李商隐并称“小李杜”。有《樊川文集》二十卷。

商女不知亡国恨，隔江犹唱后庭花

泊秦淮

唐·杜牧

烟笼寒水月笼沙，夜泊秦淮近酒家。
商女不知亡国恨，隔江犹唱后庭花。

注释

寒水：寒冷的水流，此处指秦淮河。

商女：歌女，以卖唱为人饮酒助兴为生。

亡国恨：指南朝陈后主耽于声色而终于亡国之事。

后庭花：指陈叔宝所作《玉树后庭花》，后世称为亡国之音。

简析

这首诗借陈后主追求荒淫享乐终至亡国的历史，讽刺那些不从中吸取教训而醉生梦死的晚唐统治者，表达了作者对国家命运的无比关切和深深的忧虑。

“烟笼寒水月笼沙”，首句描写蒙胧的烟雾和惨淡的月光笼罩着寒冷的河水和细沙，用两个“笼”字将烟、月、水、沙四种景物融为一体，贴切传神地勾画出秦淮河两岸朦胧清幽的景象，读来给人一种冷清愁寂的气氛,这也是此时诗人心情的写照。“夜泊秦淮近酒家”是叙事，点明夜泊地点——酒家，并由“近酒家”三字引出下文“商女”的出场，进而引出商女之歌。“商女不知亡国恨，隔江犹唱后庭花。”《后庭花》据说是南朝陈后主所作的乐曲，被后人称为“亡国之音”。回想历史，当隋军大兵压境，南朝小朝廷已经危在旦夕，陈后主却依然沉湎在歌声女色之中，终于落得个身死国灭的下场。末两句表面是批评歌女，实际上是诗人有感于晚唐国事衰微、世风颓靡的现状，批评那些沉溺于歌舞升平而“不知”国之将亡的统治者，兴叹忧虑之感力透纸背。

背景

这首诗是杜牧途经金陵夜泊秦淮时的触景伤怀之作。杜牧前期颇关心政治，看到统治集团的腐朽昏庸、藩镇军阀的拥兵自固以及频繁爆发的边患，深感国家已经危机四伏，对晚唐王朝的命运深感忧虑。

名家点评

〔明〕吴逸一：国已亡矣，而靡靡之音深入人心，孤泊骤闻，自然兴慨。(《唐诗正声》)

〔清〕宋宗元：后之咏秦淮者，更从何处措词？（《网师园唐诗笺》）

借问酒家何处有？牧童遥指杏花村

清明

唐·杜牧

清明时节雨纷纷，路上行人欲断魂。
借问酒家何处有？牧童遥指杏花村。

注释

清明：农历二十四节气之一，历代有踏青扫墓的风俗。

纷纷：形容春雨连绵。

断魂：神情凄迷，烦闷不乐。

借问：请问。

简析

这首诗描写清明时节诗人孤身行路时悼念亲人的烦闷悲痛情绪，后又转为轻松愉悦的豁达心情。

“清明时节雨纷纷，路上行人欲断魂。”首句点明节气、天气，将清明淫雨霏霏的环境和气氛营造出来，奠定了全诗基调。第二句写行路人的心境，“断魂”二字把行路人内心的凄迷哀伤表现得淋漓尽致。清明在我国是个重要日子，照例应该家人团聚，一起上坟祭扫，可是诗人却孤身一人身处他乡，沿途所见皆伤悼情景，自己也被这样的情绪所感染，更添几分凄凉哀伤。“借问酒家何处有？牧童遥指杏花村。”诗人希望借酒消愁，向牧童问路，而牧童的回答却使全诗氛围一转，把诗人和读者引入了一个与之前凄凉哀伤的环境完全不同的鲜明生动的画面：牧童纯真无邪，远处杏花烂漫，村头酒旗飘飘。答语配着行动，是整篇的精彩所在。前抑后扬，相映成趣。诗到这里戛然而止，诗人赶往杏花村饮酒的情形不得而知，留给人们无限的遐想空间。

背景

据《江南通志》记载，杜牧任池州刺史时，曾经过金陵杏花村饮酒，诗中杏花村指此。

名家点评

〔清〕王相：此清明遇雨而作也。游人遇雨，巾履沾湿，行倦而兴败矣。神魂散乱，思入酒家暂息而未能也。故见牧童而问酒家，遥望杏花深处而指示之也。(《千家诗》)

停车坐爱枫林晚，霜叶红于二月花

山行

唐 · 杜牧

远上寒山石径斜，白云生处有人家。
停车坐爱枫林晚，霜叶红于二月花。

注释

山行：在山中行走。

寒山：深秋季节的山。

石径：石子的小路。

车：轿子。

坐：因为。

简析

这是一首描写和赞美深秋山林景色的小诗。

“远上寒山石径斜”写山路。一条蜿蜒曲折的小路伸向山头。“远”字写山路的绵长，“斜”字与“上”字呼应，写出了高而缓的山势。“白云生处有人家”，在白云飘浮的地方，有几处山石砌成的石屋石墙，白云缭绕，更凸显了山之高深。“停车坐爱枫林晚，霜叶红于二月花。”这枫林晚景使诗人欣喜之情难以抑制，故要停下来领略这山林风光。此句中的“晚”字用得巧妙，表明诗人流连忘返，到了傍晚，还舍不得登车离去，足见他对山中红叶喜爱之极。末句点明喜爱枫林的原因。这也是全诗的中心，是诗人浓墨重彩、凝聚笔力写出来的，同时前两句疏淡的景致也成了这艳丽秋色的衬托。枫叶如染，与彩霞交相辉映，它比江南二月的春花还要火红艳丽，从萧瑟秋风中显露出绚丽秋色的别样风情，令人赏心悦目。这一片红色也使秋天的山林呈现出一种热烈的、生机勃勃的景象，体现了豪爽向上的精神。

背景

《山行》是诗人杜牧描写和赞美深秋山林景色的著名诗篇。这首诗描绘的是秋之色，展现出一幅动人的山林秋色图。

名家点评

〔明〕瞿佑：予为童子时，十月朝从诸长上拜南山先垅，行石磴间，红叶交坠。先伯元范诵杜牧之“停车坐爱枫林晚，霜叶红于二月花”之句……至今每见红叶与飞落，辄思之。(《归田诗话》)

〔明〕唐汝询：妙在冷落中寻出佳景。(《唐诗归折衷》)

温庭筠

温庭筠（约812—870），本名岐，字飞卿，太原祁（今山西祁县）人。少时即有才名，辞赋出众，却屡试不第。曾任方城县尉和国子助教。

温庭筠诗词俱佳，以词著称。其诗词清婉精丽，受世人推崇。其诗与李商隐齐名，并称“温李”；其词与韦庄齐名，并称“温韦”。有《温飞卿诗集》。

花映柳条，闲向绿萍池上

酒泉子

唐 · 温庭筠

花映柳条，闲向绿萍池上。凭阑干，窥细浪，雨萧萧。
近来音信两疏索，洞房空寂寞。掩银屏，垂翠箔，度春宵。

注释

酒泉子：原为唐教坊曲，以酒泉郡作为调名，后用为词牌名。

凭：倚。

阑干：即栏杆。

萧萧：也作“潇潇”，形容细雨连绵。

两疏索：指双方都未得到音信。

箔：竹帘子。

简析

这首词写女子春日怀远，表达了一位女子与相爱之人分别后寂寞、无奈的情绪。

上片描绘了花红柳绿的春天，女子闲游在绿萍池边，无聊地倚着栏杆，凝视着池上细波连连。那潇潇细雨如女子的绵绵思念。女子的池上闲望，以“花映柳条”领起，“雨萧萧”作结。两句都是写景，前句明丽，后句暗淡，以喻好景不常，美人迟暮。“凭阑干，窥细浪，雨萧萧”写女主人公的行动，体现其百无聊赖的内心感受。

下片写深闺怀远从书信展开，近来他的书信稀疏难见，使人更难忍洞房的寂寞无边，只有打开银屏放下竹帘，苦熬这长长的春夜，只怕今夜又是辗转反侧，难以入睡。“近来音信两疏索”是心情寂寞的原因，将相思的主旨点明，以下的描写无不因这情思引起。“空”字极言洞房寂寞，与上片的“闲”字相应，足以体现其无比遗憾的心绪。最后“掩银屏，垂翠箔，度春宵”三句紧承“疏索”“寂寞”，写女主人公掩屏垂帘，苦度春宵。全词表现了深闺女子空虚寂寞、无限惆怅的内心世界。

背景

温庭筠仕途上的失意使他对功名、理想的追求都落空了，唯有对爱和美的追求还保留在内心深处。于是他常年流连沉溺在秦楼楚馆、烟花巷柳之地，长期与那些红尘女子接触，观察她们的一举一动，与她们沟通，深刻地触摸到了她们内心的孤独寂寞，感受到了她们相思缠绕的苦楚和望穿秋水的无奈。正是这些生活经历再加上艺术才情使得他创作了大量描写女子相思离别之情的词作。此词即为表现女子闺怨而作，其具体创作时间难以考证。

名家点评

〔明〕汤显祖:《酒泉子》强半用三字句最易。(《玉茗堂评花间集》)

〔近代〕李冰若:“银屏”“翠箔”丽矣，奈洞房寂寞度春宵何！(《花间集评注·栩庄漫记》)

李商隐

李商隐（813—858），字义山，号玉谿生，又号樊南生，怀州河内（今河南沁阳）人。李商隐曾任县尉、秘书郎和东川节度使判官等职，因受牛李党争波及，受人排挤，一生困顿不得志。

李商隐是晚唐著名诗人，和杜牧合称“小李杜”，与温庭筠合称“温李”。其诗擅长律诗、绝句，富于文采，风格独特，但多用典故，意旨隐晦。有《李义山诗集》存世。

客散酒醒深夜后，更持红烛赏残花

花下醉

唐 · 李商隐

寻芳不觉醉流霞，倚树沉眠日已斜。
客散酒醒深夜后，更持红烛赏残花。

注释

流霞：神话传说中一种仙酒。《论衡 · 道虚》上说，项曼卿好道学仙，离家三年而返，自言：“欲饮食，仙人辄饮我以流霞。每饮一杯，数日不饥。”

沉眠：指醉酒之后的深睡。

更：再。

简析

这首赏花诗别具一格，不循常理，通过描写醉酒独眠及深夜独醒的情状，流露出诗人内心的复杂情绪。

“寻芳不觉醉流霞，倚树沉眠日已斜。”首句紧扣“醉”字来写，诗人既被醇香的美酒所醉，又为美丽的鲜花陶醉，作者迷花醉酒而不觉倚树的醉态流露出一种陶醉满足之意。“不觉”二字，正传神地描绘出目眩神迷、身心俱醉而不自知的情态。“客散酒醒深夜后，更持红烛赏残花。”下两句写酒醒后夜半赏花，更显出对花之爱，同时与白天寻芳时热闹欢欣的情景截然相反，客散酒醒，夜深人静，将美好的气氛转至凄凉与孤寂。在夜色朦胧之中，红烛摇曳，将凋谢的残花映照得更加浓艳，然而，席散人去伤感顿生，更添了一份迷惘与惆怅之情。“赏残花”也表现诗人对美好事物即将逝去的不舍和怜惜之情。整首诗围绕着花进行，表现了诗人爱花爱酒、随性自然的性格特征。

背景

会昌二年（842）冬至会昌五年（845）冬这三年期间，李商隐因母丧而去官闲居永乐。在闲居期间，李商隐的生活十分地寂寞颓废，整日栽花植树，游山玩水，终日与酒为伴。在此期间他创作了大量咏诵花木景观的诗歌。

名家点评

〔清〕姚培谦：方是爱花极致。(《李义山诗集笺注》)

〔清〕屈复：人赏我醉，客去独赏，得无座中有拘忌者乎！(《玉谿生诗意》)

〔近代〕张采田：含思婉转，措语沉着，晚唐七绝，少有媲者，真集中佳唱也。(《李义山诗辨正》)

相见时难别亦难，东风无力百花残

无题

唐・李商隐

相见时难别亦难，东风无力百花残。
春蚕到死丝方尽，蜡炬成灰泪始干。
晓镜但愁云鬓改，夜吟应觉月光寒。
蓬山此去无多路，青鸟殷勤为探看。

注释

东风：春风。

残：凋零。

蜡炬：蜡烛。

晓镜：早晨梳妆照镜子。镜，用作动词，照镜子的意思。

云鬓（bìn）：女子多而美的头发，这里比喻青春年华。

月光寒：指夜渐深。

蓬山：蓬莱山，传说中的海上仙山，指仙境。

青鸟：神话中为西王母传递音讯的信使。

殷勤：情谊恳切深厚。

简析

这是一首以男女离别为题材创作的爱情诗。

“相见时难别亦难”表明难以割舍、痛苦得难以禁受的情感，两个“难”字包含不同含义：前一个“难”是写当初两人相聚的不易，有过多少思念追求；后一个“难”字则写出离别时的难舍难分。“东风无力百花残”是说百花盛开凭借的是春风之力，而春风力竭，则群芳凋逝。诗人寓情于景，在这里用暮春景象进一步表达了眷恋却不得相见的深深感伤。

“春蚕到死丝方尽，蜡炬成灰泪始干。”诗人以象征的手法写出自己的痴情以及执着的爱情追求。“丝”字与“思”谐音。以蜡烛的燃烧比喻痛苦的煎熬，离别之苦无尽无休。“晓镜但愁云鬓改，夜吟应觉月光寒”写出了年轻女子“晓妆对镜，抚鬓自伤”的形象，表现了女子痛苦而执着的心绪。深夜沉吟，孤寂无伴，自然会感觉月光的刺骨清寒，此句借生理上冷的感觉反映心理上的凄凉之感，写出了女子寒夜相思的悲凉心境。

尾联展开奇想，青鸟是西王母的使者，蓬山是神话传说中的一座仙山，以蓬山作为对方居处的象征，而以青鸟作为主人公的使者，借神话传说表达了对心中恋人的无比挚爱和深切思念。

背景

李商隐在十五六岁的时候，即被家人送往玉阳山学道。其间与玉阳山灵都观女道士宋华阳相识相恋，但两人的感情却不能为外人知晓。作者的心内奔涌着无法抑制的爱情狂澜，因此他只能以诗记情，并隐其题，从而使诗显得既朦胧婉曲，又深情无限。

名家点评

〔清〕查慎行：三四摹写“别亦难”，是何等风韵！(《初白庵诗评》)

〔清〕胡以梅：此首玩通章，亦圭角太露，则词藻反为皮肤，而神髓另在内意矣。若竟作艳情解，近于怒张，非法之善也。细测其旨，盖有求于当路而不得耶？(《唐诗贯珠》)

〔清〕陆昆曾：八句中真是千回万转。(《李义山诗解》)

〔清〕屈复：三四进一步法。结用转笔有力。(《玉谿生诗意》)

黄 巢

黄巢（820—884），唐末农民起义军领袖，祖上三代以贩盐为生，也曾几次应试但都榜上无名。乾符五年（878）黄巢率领兄弟子侄八人参加了王仙芝的起义军。王仙芝战死后，黄巢率军于广明元年（880）十一月入洛阳，十二月在长安含元殿登皇帝位，国号“大齐”。中和四年（884）六月十五日，黄巢在狼虎谷战死。

待到秋来九月八，我花开后百花杀

菊花

唐 · 黄巢

待到秋来九月八，我花开后百花杀。
冲天香阵透长安，满城尽带黄金甲。

注释

九月八：九月九日为重阳节，有登高赏菊的风俗，说“九月八”是为了押韵。

杀：草木枯萎。

黄金甲：指金黄色铠甲般的菊花。

简析

本诗又名《不第后赋菊》，诗人托物言志，借咏菊抒发革命抱负，杀气十足。

“待到秋来九月八，我花开后百花杀。”全诗开篇即从重阳下笔，突出了菊花凌霜径自开放的独特形象。“待到”二字似脱口而出，言辞中充满激越的韵致和信心满满的豪情。隐含着呼唤革命暴风雨早日来到的情绪。前两句通过金菊凌寒开放与百花遇霜而凋造成的强烈对比，显示出菊花的盎然生机和顽强生命力，同时暗示了革命风暴一旦来临，腐朽的唐王朝就会像百花遇霜而凋一样，变成枯枝败叶。

“冲天香阵透长安，满城尽带黄金甲。”末两句以夸张的手法展现了菊花盛开的壮丽图景。“冲天”二字，写出了菊花香气浓郁、直冲云天的非凡气势；“香阵”二字则说明金菊的胜利绝非一枝独秀，而是群体皆荣，包含了朴素而深刻的天下太平观念；一个“透”字，又显示了菊花香气沁人心脾、无所不至的进取精神。“满”“尽”二字，极言菊花夺魁天下时的奇观，整个长安城将成为菊花的海洋。全诗充分展示出农民革命终将彻底扫荡旧势力的胜利前景，境界恢宏，笔势雄迈。

背景

黄巢在起义之前，曾到京城长安参加科举考试，却名落孙山。科场的失利以及社会的黑暗、吏治的腐败，使其对李唐王朝益发不满，从而刺激了他的别样豪情，借咏菊花来抒写自己的抱负，写下了这首气势磅礴的诗篇。

名家点评

〔明〕郎瑛:《清暇录》载：黄巢下第，有《菊花》诗曰（略）。尝闻我（朱）太祖亦有咏《菊花》诗：“百花发，我不发；我若发，都骇杀。要与西风战一场，遍身穿就黄金甲。”人看二诗，彼此一意：成则为明，而败则为黄也。(《七修类稿》)

吴 融

吴融（？—903），字子华，越州山阴（今浙江绍兴）人。早年隐居茅山，昭宗龙纪元年（889）登进士第。官至翰林学士承旨。诗多题咏纪游、送别唱酬之作，间有感怀时事者。风格绮丽而不失典雅，兼含凄清之气，有温、李之风。

和烟和露一丛花，担入宫城许史家

卖花翁

唐·吴融

和烟和露一丛花，担入宫城许史家。
惆怅东风无处说，不教闲地著春华。

注释

卖花翁：卖花的老翁。

和烟、和露：指花朵上还沾着露珠和水汽。

许史家：汉宣帝的外戚，代指豪门势家。

简析

这是一首讽刺贵族权门贪得无厌、独占垄断的诗，反映了权贵奢靡霸道的社会现实。

“和烟和露一丛花，担入宫城许史家。”许氏与史氏都是汉宣帝时的外戚，两家都在宣帝时受封列侯，贵显当世，所以后人常用来借指豪门势家。本诗从卖花翁把刚采摘下来还缀着露珠、冒着水汽的鲜花送入豪门势家写起，仿佛电影的开场，引起人们对故事进展的好奇。

“惆怅东风无处说，不教闲地著春华。”东风送暖，本该是百花齐放的时节，可豪门势家把盛开的花朵都锁进自己的深宅大院，田野只剩下丛生的野草更添寂寥，不容点缀些许春意，着实令人愤慨。“不教”一词，显示了权势者的蛮横无理，他们不仅要占有财富，占有权势，连春天大自然的美丽也要占为己有。本句也隐含着诗人的愤怒，但诗人不把这愤怒直说出来，却托之于东风的惆怅。东风能够播送春光，却不能保护春光不为人攫走，这真是莫大的憾事，可就连这种憾恨也无处申诉。诗人以精练、委婉的笔法，以小见大，将豪门显宦的霸道蛮横展露无遗，流露出对平民百姓的无限同情。

背景

唐代长安城里盛行买花、赏花的风气。白居易曾作《买花》诗，真切地反映了当时车马若狂、相随买花的社会风俗，并通过篇末“一丛深色花，十户中人赋”的评语，对贵家豪门的奢靡生活予以揭露。吴融的这首《卖花翁》触及同样的题材，却能别立新意，堪称佳作。

名家点评

〔清〕吴乔：吴融近体亦有情致。(《围炉诗话》)

〔清〕管世铭：唐末七言律，韩致尧为第一。……次即吴子华，亦推高唱。(《读雪山房唐诗序例》)

韦庄

韦庄（836—910），字端己，京兆杜陵（今陕西西安东南）人。乾宁元年（894）进士，任校书郎。后仕蜀，任吏部侍郎兼平章事。

韦庄的词与温庭筠齐名，并称“温韦”。韦词语言清丽，多以白描手法写闺情愁绪及游乐生活。现存词五十五首，《全唐诗》存诗六首。

坐看落花空叹息，罗袂湿斑红泪滴

木兰花

五代 · 韦庄

独上小楼春欲暮，愁望玉关芳草路。消息断，不逢人，却敛细眉归绣户。

坐看落花空叹息，罗袂湿斑红泪滴。千山万水不曾行，魂梦欲教何处觅？

注释

玉关：玉门关，这里泛指征人所在的远方。

袂：衣袖。

红泪：泪从涂有胭脂的面上流下，故为“红泪”。

简析

这首词写思妇对征人的怀念，通过一系列动作描写将一位闺中少妇思念远方良人的愁思离绪表现得淋漓尽致。

上片写小楼远望。首句一个“独”字写出了思妇的孤独与凄凉之感。二句“愁望玉关芳草路”写出所望的地点是“玉关”，以显示征人去地之远。“消息断，不逢人，却敛细眉归绣户”描绘了一个因消息断绝又无人可问，只能收起愁情独自哀伤的思妇形象，表现了无可奈何的伤感。

下片写空闺叹息。“坐看落花空叹息，罗袂湿斑红泪滴。”思妇望落花而联想到自己的命运，不禁潸然泪下，罗衣湿透。这里连用“坐”“叹”“湿”“滴”四个动词写出她的静中之动，我们似乎听到她叹息的声音，看到她久坐的身影，落花的飘零，泪珠的晶莹。“千山万水不曾行，魂梦欲教何处觅？”结尾二句是女主人公的特殊心理活动：千山万水与征人相隔遥远，但自己却未去过，即使想要梦中相见，也无可寻觅，这就更表现出女子的孤独和寂寞。

名家点评

〔明〕汤显祖：与“梦中不识路”“打起黄莺儿”，可并不朽。(《玉茗堂评花间集》)

〔近代〕李冰若：“千山”“魂梦”二语，荡气回肠，声哀情苦。(《栩庄漫记》)

〔近代〕俞陛云：此词意欲归唐。与《菩萨蛮》第四首同。结句言水复山重，梦魂难觅，与沈休文诗“梦中不识路，何以慰相思”，皆情至之语。(《五代词选释》)

翠屏金屈曲，醉入花丛宿

菩萨蛮

五代·韦庄

如今却忆江南乐，当时年少春衫薄。骑马倚斜桥，满楼红袖招。

翠屏金屈曲，醉入花丛宿。此度见花枝，白头誓不归。

注释

菩萨蛮：词牌名。

红袖：指代少女。这里指青楼中妓女之类。

翠屏：镶有翡翠的屏风。

金屈曲：屏风的折叠处反射着金光。一说金屈曲是屏风上的金属环纽。

花丛：指代游冶处的艳丽境界。

花枝：比喻所钟爱的女子。

简析

此词写对往事的回顾以及感慨。

上阕写作者对江南往昔美好生活的回忆。“如今却忆江南乐”，“却”字突出了词人当时并没有认识到江南的美好。人往往如此，身处其地时往往不能领略其快乐，但当作者离开了江南，反而回忆起在江南那段美好的生活了。他在江南思念着中原，离开江南到更远的蜀中，又觉得在江南的生活也毕竟是快乐的，是值得怀念的了。“骑马倚斜桥”十分形象，“骑马”是英雄勇武的一面，“倚斜桥”是风流潇洒的一面，“满楼红袖招”是说满楼的女子都为之倾倒。韦庄的这两句词是说他当年何尝没有才华，何尝没有遇合，何尝没有人赏爱，然而他那时没有对满楼的红袖钟情。

下阕写如果“此度见花枝”，我便将要“白头誓不归”了。“誓”表示其态度之断然坚决。在词人留寓蜀中时，唐朝已经彻底灭亡了，回乡的希望荡然无存，江南的记忆也终化为泡影，所以他才决然地说“白头誓不归”，口气极为决断，含义则极为沉痛。着一“誓”字，以斩尽杀绝之语，流露无穷无尽悲情。

背景

这组《菩萨蛮五首》词创作于韦庄晚年寓居蜀地时期，是作者回忆江南旧游之作。

名家点评

〔清〕张惠言：上云“未老莫还乡”，犹冀老而还乡也。其后朱温篡成，中原愈乱，遂决劝进之志。故曰“如今却忆江南乐”，又曰“白头誓不归”，则此词之作，其在相蜀时乎！(《词选》)

〔清〕陈廷焯：风流自赏，决绝语，正是凄楚语。(《云韶集》)

〔现代〕唐圭璋：语虽决绝，而意实伤痛。(《唐宋词简释》)

李 珣

李珣（855—930），字德润，梓州（今四川三台县）人。其先为波斯人。著名的花间派词人，尤以小词为蜀后主所赏。风格清婉，多感慨之音。其《南乡子》17首写南方风土人情，颇有特色。今有王国维辑《琼瑶集》一卷。

荻花秋，潇湘夜，橘洲佳景如屏画

渔歌子

五代·李珣

荻花秋，潇湘夜，橘洲佳景如屏画。碧烟中，明月下，小艇垂纶初罢。

水为乡，篷作舍，鱼羹稻饭常餐也。酒盈杯，书满架，名利不将心挂。

注释

渔歌子：词牌名。原唐教坊曲名，后成为词牌名。

荻（dí）：多年生草本植物，与芦苇同科而异种，叶比苇叶稍宽而韧，秋天开紫花。

潇湘：水名，在今湖南境内。《山海经》："潇水，源出九嶷山；湘水，源出海阳山。至零陵合流而于洞庭也。"

橘洲：在长沙市境内湘江中，又名下洲，旧时多橘，故又称"橘子洲"。《水经注·湘水》："湘水又北经南津城西，西对橘洲。"

垂纶（lún）：垂钓。纶，较粗的丝线，指钓鱼线。

篷：船帆，此处代指船。

简析

这是一首以湘山楚水为背景，描写闲适生活的短歌，抒发了作者的淡泊情怀和隐逸之趣。

上片写景。潇湘的静夜里，清风吹拂着荻花，橘子洲头的美景宛如屏风上的山水画。"碧烟中，明月下，小艇垂纶初罢。"浩淼的烟波中，皎洁的月光下，词人收拢钓鱼的丝线，摇起小艇回家。开头三句点明时间、地点是地处潇湘的橘子洲的秋夜，荻花临风，美景如画。"碧烟中"三句，将镜头渐次拉近，月光下的江水，轻柔澄碧，云烟淡淡，词中主人公刚刚垂钓完毕，划着小艇在水上荡漾，真是如诗如画，如梦如幻。

下片写人事，主要写词人的隐逸生活及其乐趣。"水为乡，篷作舍，鱼羹稻饭常餐也。"绿水就是我的家园，船篷就是我的屋舍，山珍海味也难胜过每日三餐的糙米鱼虾。"酒盈杯，书满架，名利不将心挂。"面对盈杯的水酒，望着满架诗书，我已心满意足，再不用将名利牵挂。词人通过"船篷""鱼羹""稻饭"和美酒藏书等物象营造了一派恬静惬意的生活景象，"不将心挂"点明题旨，表达了词人远离名利、旷达超脱的人生态度。

背景

前蜀灭亡后，李珣心怀故国之思，便向往江湖，过了一段时期的隐居生活，然后溯湘水而上，至九嶷山，越五岭，达广州，后来又在岭南生活了较长时期。词人乘船经过湖南、湖北一带，创作了大量描写隐逸生活的词作，这首《渔歌子》便是其中之一。

名家点评

〔现代〕刘永济：此亦以渔父自由为可乐也。(《唐五代两宋词简析》)

牛希济

牛希济（约872—？），陇西（今甘肃）人。牛峤之侄。前蜀时官居翰林学士、御史中丞等职。蜀亡后任后唐雍州节度副使。花间派重要词人之一，其词作以爱情为主，文字清澹。《花间集》录其词十一首。

两朵隔墙花，早晚成连理

生查子

五代·牛希济

新月曲如眉，未有团圞意。红豆不堪看，满眼相思泪。
终日劈桃穰，人在心儿里。两朵隔墙花，早晚成连理。

注释

生查子：原为唐教坊曲名，后用为词牌名。

团圞（luán）：团圆。

桃穰（ráng）：桃核。

人：与“仁”谐音，意义双关。

连理：不同根的草木，它们的枝干连成为一体。古人喻夫妇为“连理枝”。

简析

这首词借物抒情，通过对新月、红豆等物的描写表达了对纯朴爱情的热切追求。

上阕抒发男女间的相思之苦。首句“新月曲如眉，未有团圞意”，明为写月，实则喻人，作者以眉比月，正暗示出相思之人因不得团聚而双眉紧蹙、郁闷不欢的愁苦之态。“红豆”本是相思的信物（如王维有诗写道：“红豆生南国，春来发几枝。愿君多采撷，此物最相思。”），但在离人的眼里却是贮满了忧伤，令人见之落泪。一弯新月，数枝红豆，词人撷取两种寄寓人间悲欢离合、别离思念之情的意象，表现了对爱人的无限深情以及思而不得的痛切。

下阕从之前低沉幽怨的气氛中转出，基调逐渐变得笃定积极。“终日劈桃穰，人在心儿里。”“仁”与“人”谐音，一语双关，桃仁在桃核里，同时思念之人也在诗人心里，表达得含蓄隽永。“两朵隔墙花，早晚成连理”言一墙之隔的两朵花终会爬过高墙相遇，结为连理，表明无论遇到多少艰难险阻，都要对美好的爱情充满信心和希望。

名家点评

〔清〕陈廷焯：淋漓沉至，后半近纤巧。（《闲情集》）

〔清〕许昂霄：借物寓意，诗家谓之风人体，又名吴歌格，以下句释上句，古乐府类然。（《词综偶评》）

〔近代〕俞陛云：“妍词妙喻，深得六朝短歌遗意，五代词中希见之品。”（《唐五代两宋词选释》）

冯延巳

冯延巳（约903—960），一名延嗣，字正中，广陵（今江苏扬州）人。南唐时为秘书郎，累官至中书侍郎拜平章事，出镇抚州。冯词语言清新、多写男女离情别恨和士大夫的伤感落寞情怀，擅长刻画人物内心活动，在五代词人中与温庭筠、韦庄齐名。有《阳春集》存世。

花前失却游春侣，独自寻芳

采桑子

五代·冯延巳

花前失却游春侣，独自寻芳。满目悲凉，纵有笙歌亦断肠。
林间戏蝶帘间燕，各自双双。忍更思量，绿树青苔半夕阳。

注释

纵有：纵使有。

笙歌：笙代指各种乐器；笙歌即指各种乐器演奏声和歌声。

忍：作“怎忍”解。

简析

这首词描写了诗人失恋后的孤独之感和悲伤之情。

“花前失却游春侣，独自寻芳，满目悲凉。”“花前月下”本是热恋男女幽会游乐之所，但偏偏在这游乐之处，诗人失却了游春之侣，独自一人徘徊，进而触景生情。举目四顾，一片凄凉，大好春光亦黯然失色。“纵有笙歌亦断肠。”笙歌虽然动听悦耳、热闹欢畅，但因为无人相伴，也仍然是愁肠欲断。

下片写词人触景生情，因见蝶燕双双更加深了孤独之感。“林间戏蝶帘间燕，各自双双。”诗人见林间蝶燕成双，与自己的形单影只形成鲜明对比，彩蝶、燕儿都成双成对，让人怎能再耐得住这孤独寂寞！“绿树青苔半夕阳”一句借景抒情，情景交融，以夕阳斜照在绿树青苔上的景色作结，渲染了悲凉的氛围，突出了诗人孑然孤凄的形象。

这首词主要使用反衬手法，以乐写哀，用春花怒放之景，反衬失却侣伴之悲；用笙歌反衬愁肠欲断；用蝶燕双双反衬孤寂。

名家点评

〔近代〕俞陛云：通首仅寓孤闷之怀，至末首乃见本意。江左自周师南侵，朝政日非，延巳匡救无从，怅疆宇之日蹙，“夕阳”句寄慨良深，不得以绮语目之。(《唐五代两宋词选释》)

〔现代〕唐圭璋：此首触景感怀，文字疏隽。上片，径写独游之悲，笙歌原来可乐，但以无人偕游，反增凄凉。下片，因见双蝶、双燕，又兴起己之孤独。“绿树”句，以景结情，正应“满目悲凉”句。(《唐宋词简释》)

李 煜

李煜（937—978），初名从嘉，字重光，号钟隐、莲峰居士，南唐亡国之君。李煜精书法、工绘画、通音律，诗文均有造诣，尤以词的成就最高。李煜的词，继承了晚唐以来花间派词人的传统，语言明快、形象生动、用情真挚，风格鲜明，前期作品多表现宫廷生活，后期主要表达亡国之痛、故国之思。作品收入《南唐二主词》。

花明月暗笼轻雾，今宵好向郎边去

菩萨蛮

五代・李煜

花明月暗笼轻雾，今宵好向郎边去。刬袜步香阶，手提金缕鞋。

画堂南畔见，一晌偎人颤。奴为出来难，教君恣意怜。

注释

刬（chǎn）：只，仅。刬袜，只穿着袜子着地。

步：这里作动词用，意为走过。

香阶：台阶的美称，即飘散香气的台阶。

金缕鞋：指鞋面用金线绣成的鞋。缕，线。

画堂：古代宫中绘饰华丽的殿堂，这里也泛指华丽的堂屋。

南畔：南边。

一晌：即一时，霎时间。

颤：由于心情激动而身体发抖。

奴：古代妇女自称的谦辞，也作奴家。

恣，放纵，无拘束。

怜：爱怜，疼爱。

简析

这是一首描写男女欢爱的词，写的是一个繁花盛开、月光淡淡的夜晚，一个少女与情人幽会的情形。

“花明月暗笼轻雾，今宵好向郎边去。”首句交代了月夜约会的背景，黯淡的月，迷离的雾，暗影中的明艳花朵象征着偷情少女的娇媚和青春。一个“好”字点明这是幽会的最佳时刻。“刬袜步香阶，手提金缕鞋。”女子何等小心翼翼，生怕被人发现，蹑足而行，手上还提着鞋子。此句细节描写十分传神，把女子偷情的羞怯和内心的紧张表现得惟妙惟肖、淋漓尽致。“画堂西畔见，一晌偎人颤。”词人用了一个“一晌”，一个“颤”，描摹女子见到情郎时活泼激动的情态，活灵活现，十分大胆露骨。结尾“奴为出来难，教君恣意怜”是女子的话：“我出来一趟幽会太不容易了，你可要好生疼惜我呀。”这首词人物描写十分生动传神，颇有可取之处。同时，从内容上看词中女子却略显轻浮，与《诗经》中所表现的热烈坦率的女子形象不可相提并论。

背景

此词是李煜描写自己与小周后幽会之情景，创作于北宋乾德二年（964）前后。

名家点评

〔明〕潘游龙：结语极俚极真。(《古今词余醉》)

〔明〕茅暎：竟不是作词，恍如对话矣。(《词的》)

〔清〕陈廷焯："刬袜"二语，细丽。"一晌"，妙，香奁词有此，真乃工绝。后人着力描写，细按之，总不逮古人。(《云韶集》)

花月正春风

望江南

五代·李煜

多少恨，昨夜梦魂中。还似旧时游上苑，车如流水马如龙。花月正春风。

注释

望江南：词牌名。

梦魂：古人认为在睡梦中人的灵魂会离开肉体，故称"梦魂"。

花月：花和月，泛指美好的景色。

简析

这是一首记梦词，表达了词人对故国繁华的追恋，抒发了亡国之痛。

开头“多少恨，昨夜梦魂中”似直且显，沉郁悲怆，“多少恨”有直入人心的感染力和回肠荡气之致。梦中的情景固然是词人眷恋的，但梦醒后所面对的残酷现实却使他倍感难堪，所以反而怨恨起昨夜的梦来了。“还似旧时游上苑，车如流水马如龙。花月正春风”，以乐景写哀情，往日繁华生活内容纷繁，而记忆中最清晰、印象最深刻的是“游上苑”。梦中回忆往昔游乐的愉悦情景，与今昔沦为阶下囚的凄凉处境相对比，反衬出词人亡国的痛苦心情。结尾“花月正春风”渲染出热闹繁华的气氛，还具有某种象征意味——象征着词人生活中最无忧无虑、春风得意的时刻。但花无百日好，往日的美好恰似即将凋谢的花一样终将一去不返。作者以反写正，以乐写悲，并通过梦境中的昔与现实的今的对比，形成了极大的反差，可见词人此时的处境是何等凄凉惨淡，令人唏嘘不已。

背景

这首词作于宋开宝八年（975）李煜亡国入宋之后。李煜被曹雪芹称为“古之伤心人”，他降宋后，由万人之上的九五之尊沦落为任人凌辱的阶下囚，经历了人生的大喜大悲，悔恨长伴，追忆不断。

名家点评

〔清〕陈廷焯：后主词一片忧思，当领会于声调之外，君人而为此词，欲不亡国也得乎？(《别调集》)

〔近代〕俞陛云："车水马龙"句为时传诵。当年之繁盛，今日之孤凄、欣戚之怀，相形而益见……(《唐五代两宋词选释》)

春花秋月何时了？往事知多少

虞美人

五代·李煜

春花秋月何时了？往事知多少。小楼昨夜又东风，故国不堪回首月明中。

雕栏玉砌应犹在，只是朱颜改。问君能有几多愁？恰似一江春水向东流。

注释

虞美人：原为唐教坊曲，后用为词牌名。

了：完结。

故国：指南唐故都金陵（今南京）。

砌：台阶。雕栏玉砌：指远在金陵的南唐故宫。

朱颜改：指所怀念的美人已衰老。

简析

这首词将往昔美好的生活与今昔沦为阶下囚的悲惨处境对比，表达了词人的亡国之痛。

"春花秋月何时了？往事知多少。"词的开头极为沉痛，词人身为亡国之君和阶下囚，春花秋月只会引起他对美好往事的追忆。这里运用了反衬手法，春花秋月无穷无尽，而美好的时光却一去不复返，宇宙无穷而人生短暂，这是永恒的悲哀。“小楼昨夜又东风，故国不堪回首月明中。”清风拂面，明月当空，大好美景却无心欣赏，反而更添愁苦之情。“雕栏玉砌应犹在，只是朱颜改。”作者触景生情，联想到故都华丽的宫殿应该还在，只是那些宫女朱颜已改，暗含着李后主对山河易主的无尽感慨。“问君能有几多愁？恰似一江春水向东流。”结尾以水喻愁，将抽象的、难以捉摸的愁写得具体形象，生动表现了愁恨的悠长深远、无穷无尽以及愁恨汹涌翻腾的力度和深度。

背景

宋太祖开宝八年（975），宋军攻破南唐都城金陵，李煜奉表投降，南唐灭亡。此词作于北宋太宗太平兴国三年（978），是时李煜归宋已近三年。

名家点评

〔南宋〕陆游：李煜归朝后，郁郁不乐，见于词语。在赐第，七夕命故妓作乐，闻于外。太宗怒，又传“小楼昨夜又东风”及“一江春水向东流”之句，并坐之，遂被祸。（《避暑漫钞》）

〔明〕卓人月：只一“又”字，宋元以来抄者无数，终不厌烦。（《古今词统》）

〔明〕董其昌：山谷羡后主此词。荆公云：“未若‘细雨梦回鸡塞远，小楼吹彻玉笙寒’尤为高妙。”（《评注便读草堂诗余》）

林花谢了春红，太匆匆

乌夜啼

五代·李煜

林花谢了春红，太匆匆。无奈朝来寒雨晚来风。

胭脂泪，留人醉，几时重。自是人生长恨水长东。

注释

谢：凋谢。

春红：春天的花朵。

胭脂泪：指女子的眼泪，女子脸上搽有胭脂，泪水流经脸颊时沾上胭脂的红色。

留人醉：意为令人陶醉。留，遗留，给以。醉，心醉。

几时重（chóng）：何时再度相会。

自是：自然是，必然是。

简析

这首词借景抒情通过描写暮春时节的所见所感，寄托了词人对人生失意的无限怅恨。

"林花谢了春红，太匆匆。"春去秋来，起句即表现了作者的伤春惜花之情。随着时间的流逝，凋谢的林花失去了春天的红艳。时过境迁，作者因景生情难免有人同此花之感。"太匆匆"既将伤春悲秋的情感深化，又极言人生苦短。"无奈朝来寒雨晚来风"交代导致林花匆匆凋谢的原因，即寒雨和晚风。此句既是叹花的命运悲惨，亦是自叹生命之春的早早流逝不也正因为经历了太多的栉风沐雨吗？"无奈"二字充满自恨无力改变当下境遇的伤感。

“胭脂泪，留人醉，几时重。”风雨中的残花带雨就像女子的玉面泪痕，使人伤心迷醉。词人与林花依依惜别，自感与这落花惨景同命相连，故有不知何时才能重逢之问。结句“自是人生长恨水长东”感叹人生的恨事无穷无尽，如滔滔江水绵延不绝。这句不仅抒发词人内心的失意怅惘之情，也是对人生短暂、变幻无常的无限感叹，扩展深化了全词的主题。

背景

这首词当作于李煜亡国之后。南唐灭亡，李煜被俘北上，留居汴京（今河南开封）。待罪被囚的生活使他感到极大的痛苦。

名家点评

〔清〕谭献：前半阕，濡染大笔。（《词辨》）

〔近代〕俞陛云：后主为樊若水所卖，举国与人。词借伤春为喻，恨风雨之摧花，犹逆臣之误国，迨魁柄一失，如水之东流，安能挽沧海尾闾，复鼓回澜之力耶！（《唐五代两宋词选释》）

流水落花春去也，天上人间

浪淘沙

五代·李煜

帘外雨潺潺，春意阑珊。罗衾不耐五更寒。梦里不知身是客，一晌贪欢。

独自莫凭栏，无限江山，别时容易见时难。流水落花春去也，天上人间。

注释

阑珊：衰残。一作“将阑”。

罗衾（qīn）：绸被子。

不耐：受不了。

身是客：指被拘汴京，形同囚徒。

一晌：一会儿，片刻。

简析

这首词深刻地表现了词人的亡国之痛和囚徒之悲。

“帘外雨潺潺，春意阑珊。”首句运用白描手法描绘了暮春时节连绵不断的潺潺雨声，营造了一种深沉哀婉的氛围，隐含着作者内心的幽怨哀愁。“罗衾不耐五更寒。梦里不知身是客，一晌贪欢。”午夜梦醒，只因罗织的锦被受不住五更时的冷寒。词人追忆方才的梦境，完全忘却了自己囚徒的身份，宴饮享乐的情景好不欢畅。此句以梦中乐景写醒后现实的哀情，以梦之短暂写现实之绵长，表达了词人沦为亡国之君的无限孤寂与凄凉。

“独自莫凭栏，无限江山，别时容易见时难。”凭栏远眺自然望不见千里之外的故国江山，只会引起无限的故国之思。对于亡国之君而言，很难想象失去故土的悲哀，这也就是他不敢凭栏的原因。“流水落花春去也，天上人间”两句叹息春归何处与人生变幻的无常。“天上人间”既指现居之所与故国宫廷相隔遥远，也指当年的帝王生活与今天的囚徒境遇有如天壤之别。全词寓情于景、借景抒情，感情层层递进，春去人逝，故国难返，生动地刻画了亡国之君的凄凉处境和落寞形象。

背景

这首词作于李煜被囚汴京期间，抒发了由天子降为臣虏后难以排遣的失落感，以及对南唐故国故都的深切眷念。此词是作者去世前不久所作。

名家点评

〔明〕沈际飞：“梦觉”语妙，那知半生富贵，醒亦是梦耶？末句，可言不可言，伤哉。(《草堂诗余正集》)

〔清〕陈锐：古诗“行行重行行”，寻常白话耳。赵宋人诗亦说白话，能有此气骨否？李后主词“帘外雨潺潺”，寻常白话耳。金元人词亦说白话，能有此缠绵否？(《褒碧斋词话》)

〔清〕王闿运：高妙超脱，一往情深。(《湘绮楼词选》)

张　先

张先（990—1078），字子野，乌程（今浙江湖州吴兴）人。宋仁宗天圣八年（1030）进士，以尚书都官郎中致仕。晚年退居湖杭之间。曾与梅尧臣、欧阳修、苏轼等游。他善写清新含蓄的小令，又创作大量慢词长调，情真意切，细腻深婉。

沙上并禽池上暝，云破月来花弄影

天仙子

北宋 · 张先

时为嘉和小倅，以病眠不赴府会。

水调数声持酒听，午醉醒来愁未醒。送春春去几时回？临晚镜，伤流景，往事后期空记省。

沙上并禽池上暝，云破月来花弄影。重重帘幕密遮灯，风不定，人初静，明日落红应满径。

注释

水调：曲调名。

流景：像水一样的年华，逝去的光阴。景，日光。

后期：以后的约定。

记省：记忆。

并禽：成对的鸟儿。这里指鸳鸯。

暝：天黑，暮色笼罩。

弄影：指物动使影子也随着摇晃或移动。弄，摆弄。

简析

这是一首暮春伤怀诗，抒发了词人因春光流逝、往事成空而产生的绵绵感伤。

“水调数声持酒听，午醉醒来愁未醒。送春春去几时回？”上阕前两句写词人借听曲饮酒排遣心中的烦闷，但酒入愁肠愁更愁，酒醒之后反而又生出无尽的苦闷。自然界的春天去了又来，而人生的春天却一去不复返。“临晚镜，伤流景，往事后期空记省。”“晚”字一语双关，既表明了天色已晚，又隐指自己已至暮年，点明了感叹时光流逝、嗟老叹卑的词旨，流露出无限哀伤叹息之情。

下阕抒发词人因景所生之情。“沙上并禽池上暝”通过双宿双栖的禽鸟反衬作者形单影只的孤苦无依。“云破月来花弄影”一句颇可玩味。张先有“张三影”的称号正出于其三句含“影”的名句。(另两句为“娇柔懒起，帘压卷花影”和“柳径无人，堕絮飞无影”)此句中的“弄”字用拟人的手法，赋予花与影以生命力，仿佛都成了有知觉和情感的人。月光之下，晚风之中，花动影舞，顾盼生情，将一派春夜月下花前的美景生动呈现在读者的眼前。热闹欢乐的场面也为之前感伤消极的情绪平添了几分喜色。但晚景的欢娱毕竟是短暂的。“人初静”交代府中的酒宴歌舞结束之后，人纷纷散去，一切又归于沉寂。“明日落红应满径”一句写词人的想象，刚刚还在月光中婆娑弄影的花朵，经过一夜春风的摧残，想必最终也是落红满径吧。全词寓情于景，蕴涵着词人对春光易逝的感伤及对人生迟暮、无所凭依的无奈叹惋。

背景

本词约创作于宋仁宗庆历元年（1041）。作者时年52岁，任嘉禾（今浙江省嘉兴市）判官。

名家点评

〔北宋〕陈师道：尚书郎张先善著词，有云：“云破月来花弄影”，“帘压卷花影”，“堕飞絮无影”，世称诵之，谓之“张三影”。(《后山诗话》)

〔明〕沈际飞：“云破月来”句，心与景会，落笔即是，着意即非，故当脍炙。(《草堂诗余正集》)

〔近代〕王国维：着一“弄”字而境界全出矣。(《人间词话》)

晏　殊

晏殊（991—1055），字同叔，抚州临川人。北宋著名文学家、政治家。晏殊能诗、善词，文章典丽，亦工书法，而以词最为突出，有“宰相词人”之称。他的词，风格含蓄婉丽，吸收了南唐“花间派”和冯延巳的典雅流丽词风，开创北宋婉约词风，被称为“北宋倚声家之初祖”。有《珠玉词》三卷。

花不尽，柳无穷

喜迁莺

北宋・晏殊

花不尽，柳无穷。应与我情同。觥船一棹百分空。何处不相逢。

朱弦悄，知音少。天若有情应老。劝君看取利名场。今古梦茫茫。

注释

觥（gōng）船：大酒杯。

一棹（zhào）：划桨一次，指大杯饮酒一次。

简析

这是一首赠别词。

“花不尽，柳无穷。应与我情同。”上片前两句借景抒情，花与柳自然无情可言，实际写自己与朋友离情的“不尽”与“无穷”，婉转地表露了离别的痛苦之深，点明了送别的主旨。“觥船一棹百分空。”作者故作旷达洒脱，以一醉解千愁劝解朋友。“何处不相逢”则是对未来重聚的展望，既是对友人的温言抚慰，也展现了词人想要挣脱离别痛苦的复杂心态。

“朱弦悄，知音少。天若有情应老。”琴筝闲置，悄无声息，只因没有知音欣赏，本句为作者想象分别之后的情景。“天若有情应老”一句借用李贺诗句“衰兰送客咸阳道,天若有情天亦老”(《金铜仙人辞汉歌》)宽慰彼此。上天如果和人一样有感情，也会变老的，何况我们这些凡人呢，所以还是不要太悲伤吧。“劝君看取利名场。今古梦茫茫”二句，是作者对友人的又一次劝解。众人追逐的名利场从来都是一场梦，虚无缥缈。这是词人久经官场，经历宦海沉浮、尔虞我诈之后的感慨，以期与朋友共勉。

这首词不同于一般凄楚愁惨的赠别词，离别之情中饱含对友人的积极劝诫，诚挚乐观，并寄托了自己的人生感慨，展现了词人超凡脱俗的人生态度。

背景

晏殊长期官居上层，看惯朝廷内的派别倾轧和政治上的风雨阴晴，自身也饱经名利场上的尔虞我诈。因此，在与朋友告别之际，在离别之情中寄托了自己的人生感慨。

名家点评

〔当代〕叶嘉莹:《喜迁莺》词之“花不尽，柳无穷，应与我情同”,《少年游》词之“莫将琼萼等闲分，留赠意中人”诸作，或者表现了圆融的观照，或者表现了理性的操持。这种特色，正为大晏之所独具。欣赏大晏词，如果不能从他的情中有思的意境着眼，那真将有如入宝山空手回的遗憾了。(《大晏词的欣赏》)

欧阳修

欧阳修（1007—1072），字永叔，号醉翁，晚号六一居士，吉州永丰（今属江西吉安）人，北宋政治家、文学家。欧阳修是在宋代文学史上最早开创一代文风的文坛领袖。他领导了北宋诗文革新运动，继承并发展了韩愈的古文理论。其诗议论、叙事、抒情融为一体，语言清新流畅，风格流丽宛转。有《欧阳文忠公文集》存世。

泪眼问花花不语，乱红飞过秋千去

蝶恋花

北宋·欧阳修

庭院深深深几许，杨柳堆烟，帘幕无重数。玉勒雕鞍游冶处，楼高不见章台路。

雨横风狂三月暮，门掩黄昏，无计留春住。泪眼问花花不语，乱红飞过秋千去。

注释

几许：多少。

堆烟：形容杨柳浓密。

玉勒雕鞍：极言车马的豪华。玉勒：玉制的马衔。雕鞍：精雕的马鞍。

游冶处：指歌楼妓院。

章台：歌妓聚居之地。

雨横：指急雨、骤雨。

乱红：这里形容各种花片纷纷飘落的样子。

简析

这是一首闺怨词，以深闺佳人的口吻描写了暮春时节怀人伤春的苦闷愁怨。

上阕“庭院深深深几许”连用三个“深”字，写足深闺女子孤独无助、怨恨无诉的痛苦压抑之感。接下来“杨柳堆烟，帘幕无重数”具体写女子的住处环境：一排排嫩绿的杨柳堆烟，雾气弥漫，好似一重重的帘幕。“无重数”写出这座庭院的幽深隐蔽。下一句词人笔锋一转，“玉勒雕鞍游冶处，楼高不见章台路”将视线转到其丈夫那里，描写女子独处高楼，凝神远望丈夫游冶之处的神态。游冶处、章台指歌楼妓院，丈夫沉醉烟柳之地不归家，充分展现了丈夫的无情无义以及女子的悲愤和无奈。

词的下阕通过描写黄昏的狂风暴雨，留春不住，抒写出女子无限的伤春之感。末两句“泪眼问花花不语，乱红飞过秋千去”是欧阳修诗词中脍炙人口的名句，语言浅显而韵味无穷。“泪眼问花”，实则含泪自问。女子本希望花能体会她的悲伤和怨恨，给予同情，结果花非但不给予安慰，还不理会女子自顾自飞走了，人无情，花亦无情，更凸显了女子处境之悲凉孤寂。这首词成功塑造了一位深闺女子望夫归而不得的形象，如泣如诉，读来令人无限同情。

背景

这首词作于北宋明道元年（1032）春，欧阳修与梅尧臣在洛阳城东故地重游，有感而发。

名家点评

〔明〕茅暎：凄如送别。(《词的》)

〔明〕杨慎：一句中连三字者，如“夜夜夜深闻子规”，又“日日日斜空醉归”，又“更更更漏月明中”，又“树树树梢啼晓莺”，皆用叠字也。(《词品》)

〔近代〕俞陛云：此词庭深楼迥，及“乱红飞过”等句，殆有寄托，不仅送春也。(《唐五代两宋词选释》)

邵 雍

邵雍（1011—1077），字尧夫，谥康节。范阳（今河北涿州）人，少随父迁卫州共城（今河南辉县市），徙居苏门山百源之上，后人称“百源先生”。与周敦颐、张载、程颢、程颐并称“北宋五子”，同为理学创始人。《全宋诗》录其诗二十一卷。

亭台六七座，八九十枝花

山村咏怀

北宋 · 邵雍

一去二三里，烟村四五家。
亭台六七座，八九十枝花。

注释

去：走。

烟村：指被烟雾笼罩的村庄。

亭台：泛指供人们游赏、休息的建筑物。

简析

这首诗用十个数字把烟村、人家、亭台、鲜花等景象串联在一起，讲述诗人郊游途中看到生着炊烟的人家，路过亭台楼阁，周围花团锦簇，几种景物共同构成了一幅田园风光图。全诗手法别致、新颖有趣，表达出诗人内心的欢愉和对大自然的喜爱赞美之情。

本诗最大的特色是用一连串的数字将诗歌中的山村景物连接起来，未必是实写却饶有趣味。村子很小而且是“烟村”，可见炊烟袅袅，一派浓郁的生活气息。亭台六七座，是人们消闲的场所，周遭还有不少盛开的花朵，足见环境清丽优美。所以作者是悠闲地拜访山村，看见美丽而安静的风景，喜爱之情和怡然自得之意流露在景物变换之中。诗人在这首诗中的每句安排一个量词，即“里”“家”“座”“枝”，新颖有变化，把一到十表示数目的十个数字按照自然数序同小路、烟、村、亭台、鲜花编织在一起，随着诗句和画面自然排列，寥寥几笔就构成一幅自然朴实而又朦胧有趣的山村风景画，使人自然地融于山村的意境之中。

背景

邵雍是北宋时期著名学者，理学象数学派的创始人，著名卜士。诗人在阳春三月到共城（今河南辉县）郊外游玩时，看到了乡间野外的骀荡春光，为了表达此刻的闲适心情写下了这首别致有趣的小诗。

名家点评

〔当代〕杨春霖：生动而含蓄，自然而贴切。(《汉语修辞艺术大辞典》)

〔当代〕郭彦全：顿觉跌宕多姿，妙趣横生。(《履痕乡梦共诗情》)

王安石

王安石（1021—1086），字介甫，号半山，临川（今属江西省抚州市）人，北宋著名思想家、政治家、文学家。其诗“学杜得其瘦硬”，重炼意和修辞，晚年诗风含蓄深沉、深婉不迫，以雅丽精绝的风格在北宋诗坛自成一家，世称“王荆公体”。有《王临川集》等存世。

春色恼人眠不得，月移花影上栏杆

夜直

北宋·王安石

金炉香烬漏声残，翦翦轻风阵阵寒。
春色恼人眠不得，月移花影上栏干。

注释

直：通“值”。

漏：古代计时用的漏壶。

翦翦：形容风轻微而带寒意。

眠：睡觉。

简析

本诗写初春值夜所见所感。宋代制度规定翰林学士需每夜一人在翰林院值班。诗人此时正值政治前景一片光明，因此借春夜景物寄托内心的愉悦之情。

本诗的前两句描写值夜时的所见所感。“金炉香烬漏声残”视听结合，以动衬静。“香烬”和“漏声残”形容夜色阑珊，已将近黎明，可见诗人一夜未眠，暗示了诗人内心有所思所念。“翦翦轻风阵阵寒”写走出户外的感受。“翦”，原意是指整齐的羽毛，这里用来形容早春黎明前夕的寒风料峭，但在诗中给人的感受却多了几分清爽之意。

“春色恼人眠不得”一句叙事夹抒情，诗人埋怨春色太美使自己一夜无眠自然是没有道理的，实际是含蓄地说明了值夜之人内心难以平静的心情。结尾“月移花影上栏干”以景结情。诗人一夜欣赏着花影从庭院移到栏杆，或许是因为大好的政治形势令人内心激动，难以入眠吧。全诗表达含蓄隽永，情景交融，将诗人的政治际遇与自然景物融为一体，意味绵长。

背景

北宋熙宁二年（1069），王安石出任参知政事。其时，宋神宗已采纳其意见，准备实施变法，使作者感到前景一片光明，内心激动而喜悦，因有此诗。

名家点评

〔清〕袁枚：王荆公作文，落笔便古；王荆公论诗，开口便错。何也？文忌平衍，而公天性拗执，故琢句选词，迥不犹人。诗贵温柔，而公性情刻酷，故凿险缒幽，自堕魔障。（《随园诗话》）

江水漾西风，江花脱晚红

江上

北宋·王安石

江水漾西风，江花脱晚红。
离情被横笛，吹过乱山东。

注释

漾：吹过。

脱：脱下。

晚红：指迟开的花。

横笛：横吹的笛子，这里指笛声。

简析

这首诗借江风秋景抒离别之情，情景交融，表达了诗人对亲朋的不舍。

前两句写诗人与亲朋作别后的所见，以比兴手法，借景抒情：诗人站在船头，看绵绵江水长流不息，在西风的吹拂下漾起层层波澜，就像诗人的心绪一般难以平静。再看江边落红无数，即使最晚的花也已开败，可见时节已入深秋，而这肃杀的秋风也让人心中凄凉，郁郁寡欢。

“离情被横笛，吹过乱山东。”后两句双句单意，写诗人远离故乡，独自漂泊，思乡之情本已在凄清的自然环境下被触发出来，加之凄楚幽怨的笛声，更将这种伤感一层层加深加重。好在随着航程的进行，行船已经转入乱山以东，离吹笛者也越来越远。但是，由笛声触发的离别之情却没有消失，而是随诗人一起转入乱山以东，或许还将陪伴诗人整个航程。

这首诗抓住江上特有的景物，从视觉和听觉角度着笔用力，给人留下极深的印象。特别是末句写法高妙，耐人寻味。

背景

王安石所作《江上》不止一首，本首似为王安石变法失利后退居金陵所作。

名家点评

〔北宋〕黄庭坚：荆公暮年作小诗，雅丽精绝，脱去流俗，每讽味之，便觉沆瀣生牙颊间。(《后山诗话》)

〔南宋〕叶梦得：晚年始尽深婉不迫之趣。(《石林诗话》)

茅檐长扫净无苔，花木成畦手自栽

书湖阴先生壁（其一）

北宋·王安石

茅檐长扫净无苔，花木成畦手自栽。
一水护田将绿绕，两山排闼送青来。

注释

书：书写，题诗。

湖阴先生：本名杨德逢，隐居之士，是王安石晚年居住金陵（今江苏南京）紫金山时的邻居。

茅檐：茅屋檐下，这里指庭院。

成畦（qí）：成垄成行。畦：经过修整的一块块田地。

护田：这里指护卫环绕着园田。

排闼（tà）：开门。闼：小门。

简析

这是一首题壁诗，赞美了湖阴先生家庭院的清幽，表达了对湖阴先生生活方式、生活情趣的肯定与欣赏。

“茅檐长扫净无苔，花木成畦手自栽。”前两句描写先生家的视觉观感，赞美杨家庭院的清幽。江南地区湿润多雨，青苔易生，而今庭院之内却连青苔也没有，通过细节描写正表明无处不净。这清幽环境令人陶醉，也反映了主人优雅的生活情趣。“成畦”二字既是主人善于打理，也表现了花木的丰美，整齐而不单调。

“一水护田将绿绕，两山排闼送青来。”后两句把自然景物写得十分生动有趣。“一水”对“两山”，“护田”对“排闼”，“将绿绕”对“送青来”。两句整齐美观，音律和谐。山水本是无情之物，诗人却运用拟人手法赋予其丰富的感情，一水“护田”，两山“送青”，水对田有一种护惜之情，山对人有一种友爱之谊，赋予山水人的情思，构思极其巧妙，令人叫绝。“绕”字既表现了河水的曲折柔美，又勾画出一幅恬静优美的田园图画。本来是人开门见山，“排闼”二字却化被动为主动，将两山送青的形象表现得活灵活现。同时以“绿”“青”等色彩代替植物，突出了植物的翠绿与景致的优美。

背景

王安石于神宗熙宁九年（1076）二次罢相后直到逝世，居住在金陵郊外的半山园。在这段时间里，王安石与隐居紫金山的杨德逢交往甚密。《书湖阴先生壁二首》便是王安石题在杨德逢屋壁上的一组诗。

名家点评

〔南宋〕叶梦得：荆公诗用法甚严，尤精于对偶。尝云，用汉人语，正可以汉人语对；若参以异代语，便不相类。如“一水护田将绿绕，两山排闼送青来”之类，皆汉人语也。此法惟公用之不觉拘窘卑凡。(《石林诗话》)

〔近代〕高步瀛：(“一水”二句)此亦句法偶同耳，未必有意效之(指许浑“河势抱关来”句)。(《唐宋诗举要》)

程 颢

程颢（1032—1085），字伯淳，洛阳（今河南省洛阳市）人。北宋时期著名理学家，学者称“明道先生”。程颢早年从学周敦颐，与其弟程颐同为理学奠基人，世人并称“二程”。

云淡风轻近午天，傍花随柳过前川

春日偶成

北宋·程颢

云淡风轻近午天，傍花随柳过前川。
时人不识余心乐，将谓偷闲学少年。

注释

偶成：偶然写成。

云淡：云层淡薄，指晴朗的天气。

午天：指中午的太阳。

傍：靠近，依靠。

随：沿着。

川：瀑布或河畔。

余：一作“予”，我。

将：于是，就。

简析

这是一首即景抒情诗，描写春天郊游的心情以及春天的景象，充满理趣。

前两句“云淡风轻近午天，傍花随柳过前川”用白描的手法写春日之景：蔚蓝的天空中飘着淡淡的白云，春风轻轻拂过脸庞，将近正午的时候，我漫步于野花、绿柳之间，不知不觉来到碧波荡漾的河边。后两句“时人不识余心乐，将谓偷闲学少年”由写景转入抒情，当时的人都不知道我心里的快乐，却以为我是为偷闲学少年人随意游荡。当然，诗人真正的快乐并非如此。这句充分体现了理学家程颢的人生态度，即追求从平淡朴素的生活中感受乐趣，表现了一种闲适恬静的意境。全诗通俗易懂，同时蕴含着朴素的人生哲理。

背景

这首诗是程颢任陕西鄠县（今西安市鄠邑区）主簿时春日郊游，即景生情写下来的。诗人是宋代有名的理学家，长期困在书斋里，少有闲暇宽怀的时候。一旦走出书斋，回到大自然中，便觉得格外爽快，其怡然自得的心情不言而喻。

名家点评

〔清〕王相：此明道先生自咏其闲居自得之趣。言春日云烟淡荡，风日轻清，时当近午，天气融和，傍随于花柳之间，凭眺于山川之际，正喜眼前风景，会心自乐，恐时人不识，谓余偷闲学少年之游荡。(《千家诗评注》)

苏　轼

苏轼（1037—1101），字子瞻，号东坡居士，眉州眉山（今属四川眉山）人，北宋文学家、书法家、画家。苏轼是北宋中期的文坛领袖，在诗、词、散文、书、画等方面都取得了很高的成就。其诗题材广阔，清新豪健，善用夸张比喻，独具风格，与黄庭坚并称“苏黄”；其词与辛弃疾同是豪放派代表，二人并称“苏辛”；其文纵横恣肆，气势雄放。诗文集有《苏东坡集》《东坡乐府》等。

春宵一刻值千金，花有清香月有阴

春宵

北宋 · 苏轼

春宵一刻值千金，花有清香月有阴。
歌管楼台声细细，秋千院落夜沉沉。

注释

春宵：春夜。亦指宝贵的欢乐时光。

一刻：比喻时间短暂。

月有阴：指月光在花下投射出朦胧的阴影。

歌管：谓唱歌奏乐。

夜沉沉：形容夜深。

简析

这是一首写景抒情诗，诗人通过对温馨春夜的描绘，表达了对美好时光的珍惜之情。

“春宵一刻值千金，花有清香月有阴。”前二句写春夜美景，“值千金”极言光阴的珍贵。花朵的清香和朦胧的月影不仅写出了夜景的清丽柔美、景色宜人，更是在劝诫人们珍视美好的时光。“歌管楼台声细细，秋千院落夜沉沉”写人们热闹地戏耍、玩乐、享受的情景。春夜之中轻吹低唱的人们陶醉于良宵美景之中。歌管之声与前面花香、月色分别从听觉、嗅觉、视觉多个角度展示了春宵的美好，立体生动，极富画面感。末句以秋千夜色中空荡收尾，预示着美好良宵终将渐渐逝去，归于沉寂，提醒人们珍惜大好时光，也再次强调了“春宵一刻值千金”的主旨。

此诗写得明白如话却又立意深沉。诗句华美而含蓄，耐人寻味。特别是“春宵一刻值千金”，后来人们常常用来形容良辰美景的短暂和宝贵，成了千古传诵的名句。

名家点评

〔南宋〕杨万里：东坡云：“春宵一刻值千金，花有清香月有阴。歌管楼台声细细，秋千院落夜沉沉。”介甫云：“金炉香烬漏声残，翦翦轻风阵阵寒。春色恼人眠不得，月移花影上栏干。”二诗流丽相似，然亦有甲乙。(《诚斋诗话》)

〔清〕吴乔：诗须矜贵，“春宵一刻值千金”，岂可哉！(《围炉诗话》)

花褪残红青杏小

蝶恋花·春景

北宋·苏轼

花褪残红青杏小。燕子飞时，绿水人家绕。枝上柳绵吹又少。天涯何处无芳草!

墙里秋千墙外道。墙外行人，墙里佳人笑。笑渐不闻声渐悄。多情却被无情恼。

注释

蝶恋花：词牌名。又名“凤栖梧”“鹊踏枝”等。双调，六十字，上下片各四仄韵。

褪：萎谢。

柳绵：即柳絮。

天涯何处无芳草：指春暖大地，处处长满了美美芳草。

渐悄：渐渐没有声音。

多情：指旅途行人过分多情。

简析

这首词是伤春之作。表现了词人对春光流逝的叹息。

上阕写景。“花褪残红青杏小。燕子飞时，绿水人家绕。”前两句描绘了一幅美丽而生动的暮春画面，一个“绕”字用得生动真切。燕子绕舍而飞，绿水绕舍而流，行人绕舍而走。“枝上柳绵吹又少。天涯何处无芳草？”后一句表达了作者的惜春之情，也是对自我失落心情的慰藉。

下阕写人的活动及内心的情感波动。“墙里秋千墙外道。墙外行人，墙里佳人笑。”行人从墙外的路旁经过，听到墙里一阵阵悦耳的笑声，原来是墙内女子在荡秋千。寥寥数语却极富画面感。“笑渐不闻声渐悄。多情却被无情恼。”末句选取行人的视角，展示了其内心产生的微妙波澜。佳人笑声渐渐听不到了，四周显得静悄悄。墙外的行人陶醉在女子甜美的笑声中，却一直无法看到女子的模样，只得黯然神伤，独自离去。而女子自始至终也不知道墙外有个男子正为她苦恼。在这里，“佳人”也暗指上阕作者所追求的“芳草”，“行人”则是词人的化身。词人通过这样一组意象的刻画，表现了其抑郁终不得排解的心绪。

背景

关于本词的创作背景观点不一。据《冷斋夜话》所载，王朝云在惠州贬所曾唱此词，同时苏轼惠州时期的诗文里惯用此词中出现的“天涯”一词。陈迩冬《苏轼词选》也怀疑这首词是“谪岭南时期的作品”。

名家点评

〔南宋〕魏庆之：予得真本于友人处，“绿水人家绕”作“绿水人家晓”。“多情却被无情恼”，盖行人多情，佳人无情耳。此两字极有理趣，而“绕”与“晓”自霄壤也。(《诗人玉屑》)

〔清〕王士祯：“枝上柳绵”，恐屯田缘情绮靡，未必能过。孰谓坡但解作“大江东去”耶？髯直是轶伦绝群。(《花草蒙拾》)

梨花淡白柳深青，柳絮飞时花满城

东栏梨花

北宋·苏轼

梨花淡白柳深青，柳絮飞时花满城。
惆怅东栏一株雪，人生看得几清明。

注释

东栏：指诗人当时庭院门口的栏杆。

柳絮：柳树的种子。有白色绒毛，随风飞散如飘絮，因以为称。

雪：这里喻指梨花。

清明：清澈明朗。

简析

这首诗写诗人因梨花开放而生人生短促的感慨，抒发了人生苦短、韶光易逝的哀愁，同时也蕴含着一种看破人生的淡然。

首句“梨花淡白柳深青”观察细致精准，从颜色的角度写，用“淡白”“深青”写梨花和柳叶，言梨花已盛开，柳已老，正是暮春时节。“柳絮飞时花满城”写出了春末夏初的景物特点。满城飞舞的柳絮形成一幅动态画面，春意之浓，春愁之深，跃然纸上。同时，诗人用“柳絮飞时花满城”来衬托梨花淡白、清明的高尚品格。“惆怅东栏一株雪”以一株雪形容梨花的洁白，但“惆怅”一词则包含着作者对生命短促的感慨和无奈。结尾“人生看得几清明”抒发了诗人感叹人生苦短、韶光易逝的哀愁，同时表达了苦中作乐、淡看人生的人生态度。

背景

熙宁九年（1076）冬天，苏轼罢密州（今山东潍坊诸城）知府任，第二年春天，苏轼到徐州赴任。接任苏东坡密州职位的是孔宗翰。苏轼写了五首绝句给他，这是其中第三首。

名家点评

〔清〕袁枚："惆怅"二句，此偷杜牧之"砌下梨花一堆雪，明年谁倚此阑干"句也。然风调自别。(《随园诗话补遗》)

〔清〕潘德舆：坡公此诗之妙，自在气韵，不谓句意无人道及也。且玩其句意，正是从小杜脱化而出，又开拓境地，各有妙处，不能相掩。(《养一斋诗话》)

竹外桃花三两枝，春江水暖鸭先知

惠崇《春江晚景》(其一)

北宋·苏轼

竹外桃花三两枝，春江水暖鸭先知。
蒌蒿满地芦芽短，正是河豚欲上时。

注释

惠崇：宋初画家，"九僧"之一。

蒌蒿：草名，其茎可食。

芦芽：即芦笋。

河豚：即鲀，鱼类的一种，味极鲜美但有毒。春江水发，河豚鱼例向上游，渔人称“抢上水”。

简析

这是苏轼为惠崇所绘的《春江晚景》两幅题写的题画诗。

“竹外桃花三两枝”描写了江岸边一片竹林稀稀疏疏、颜色青翠；远处，三两枝桃花悄悄绽放，色彩鲜艳，似乎向人们报告着早春的到来。“春江水暖鸭先知”一句富含哲理。鸭子下水说明水温回升，春天已到。正是因为它们长年生活在水中，所以才能首先知道水温的变化。凡事也要亲历其境，才会有真实的感受。此句将艺术美感和人生哲理融为一体，不仅扩大了诗的境界，而且也引发人们对人生的积极思索。

“蒌蒿满地芦芽短，正是河豚欲上时。”后两句描写了一片欣欣向荣、生机盎然的春天景象。满地的蒌蒿、短短的芦芽，还有美味的河豚，这是多么令人愉悦的季节啊。画中景物是静止的，但在诗人的妙笔下却有动有静，动静结合，妙趣横生。全诗写景生动传神，景中含理，耐人寻味，同时，表达了诗人对惠崇画作的欣赏、赞美之情。

背景

《惠崇〈春江晚景〉二首》是苏轼于神宗元丰八年（1085）在汴京（今河南开封）为惠崇所绘《春江晚景》两幅题写的诗作。一说此诗作于江阴。

名家点评

〔清〕纪昀：此是名篇，兴象实为深妙！（《纪昀评苏文忠公诗集》）

〔清〕王士祯：坡诗“蒌蒿满地芦芽短，正是河豚欲上时”，非但风韵之妙，盖河豚食蒿芦则肥，亦如梅圣俞之“春洲生荻芽，春岸飞杨花”，无一字泛设也。(《渔阳诗话》)

秦 观

秦观（1049—1100），字太虚，又字少游，别号邗沟居士、淮海居士，世称淮海先生。北宋高邮（今江苏高邮市）人。“苏门四学士”之一。他被尊为婉约派一代词宗，其作品哀感顽艳，幽婉动人，精巧工致，辞情相称。《全宋词》收其词一百四十余首。

醉漾轻舟，信流引到花深处

点绛唇·桃源

北宋·秦观

醉漾轻舟，信流引到花深处。尘缘相误，无计花间住。
烟水茫茫，千里斜阳暮。山无数，乱红如雨。不记来时路。

注释

信：听任。

尘缘：佛教名词。佛经中把色、声、香、味、触、法称作“六尘”。以心攀缘六尘，遂被六尘牵累，故名。

无计：没办法。

乱红：落花。

简析

这首词表现了秦观在遭遇一连串政事打击之后厌倦现实黑暗，倾心世外桃源的思想感情。

上阕借刘晨、阮肇误入桃源与仙女相遇的典故，写词人对世外桃源的向往。“醉漾轻舟，信流引到花深处”。“花深处”指桃源，这两句是写梦中幻象。“尘缘相误，无计花间住”是词人酒醒后的抱怨。佛教认为六尘是污染人心的根源。对作者而言，尘缘相误即被世俗名利烦扰纠缠。词人此刻身受俗务羁绊，想找一个像“桃花源”一样的地方安逸度日自然是不可得的。

下阕“烟水茫茫，千里斜阳暮”勾画出一幅辽阔而迷蒙的薄暮景象，表达诗人被贬之后流散天涯的凄冷之感。“山无数，乱红如雨”，写出了诗人前途渺茫、无法实现理想的愁苦和无奈。结句“不记来时路”则出自《桃花源记》：“及郡下，诣太守，说如此。太守即遣人随其往，寻向所志，遂迷，不复得路。”结尾呼应了题目和开头，表达了词人梦醒之后无路可走的困窘与凄苦。

背景

绍圣元年（1094），“新党”章惇被起用为相后大肆打击元祐时旧党，秦观也未能幸免。他始由国史院编修贬为杭州通判，途中再贬为监处州（今浙江丽水县）酒税。绍圣三年，又贬郴州（今湖南郴州市）。一连串的打击使秦观处于一种压抑而不能自拔的悲哀无奈之中。这首《点绛唇·桃源》便作于词人贬居郴州时。

名家点评

〔明〕沈际飞：如画。(《草堂诗余正集》)

〔近代〕俞陛云：作此题隐括本意，凡手皆能。此词擅胜处，在笔轻而韵秀。如初写黄庭，恰到好处。(《唐五代两宋词选释》)

春路雨添花，花动一山春色

好事近·梦中作

北宋·秦观

春路雨添花，花动一山春色。行到小溪深处，有黄鹂千百。

飞云当面舞龙蛇，天矫转空碧。醉卧古藤阴下，了不知南北。

注释

好事近：词牌名，又名钓鱼笛、倚秋千。

龙蛇：似龙若蛇，形容快速移行的云彩。

天矫：屈伸自如的样子。

空碧：碧空。

了：完全，全然。

简析

这首词记录了秦观的一个梦境，表现了诗人在梦中身与物化的境界和感受。

上阕写词人在梦中漫游所见到的富丽景物：春雨过后，山路上春花怒放，烂漫无比，山间一片春光明媚，如入仙境。行至河边，曲径通幽，无数黄鹂顿时喧腾起来，好不热闹。前两句以白描手法写春天。一个“添”字，写出了一场春雨滋润了万物，促使含苞的山花纷纷绽开的美好景象，喜悦之情溢于言表。一个“动”字，将春花与春色有机地融为一体，呈现出一个生机勃勃、气象万千的春天。梦中所见自然是无比美好的，但乐景往往蕴含哀情，诗人用梦中美好的景物恰恰反衬出现实中的苦恼和极度的失落。

下阕是写词人梦中醉酒后所见及感受。“飞云当面舞龙蛇，夭矫转空碧”描写了阴沉天空中的云彩怪状迭出，变幻为龙蛇，遂又消失回归蔚蓝。“醉卧古藤阴下，了不知南北。”面对这美好的春光和美酒，作者已完全沉醉其中，不辨南北，也体现了其内心希望长醉其中、不愿复醒的感受。

这首词为词人梦中所作醒来后又书写出来的，内容丰富、变幻莫测。日有所思，夜有所梦。本词虽写梦境，看似虚幻不着边际，实际寄托着词人内心深处的向往和愿望，是作者内心世界的映射。

背景

宋哲宗绍圣二年（1095）春秦观被贬监处州盐税，本篇即当时作者回忆梦境所作。

名家点评

〔北宋〕惠洪：秦少游在处州，梦中作长短句，曰："山路雨添花……"后南迁，久之北归，逗留于藤州，遂终于瘴江之上光华亭，时方醉起，以玉盂汲泉欲饮，笑视之而化。(《冷斋夜话》)

〔清〕周济：概括一生，结语遂作藤州之谶。造语奇警，不似少游寻常手笔。(《宋四家词选》)

李清照

李清照（1084—1155），号易安居士，齐州章丘（今属山东省济南市）人。早期生活优裕，与夫赵明诚共同致力于书画金石的搜集整理。金兵入据中原后流寓南方，明诚病死，境遇孤苦。

李清照是宋代著名女词人，婉约词派的代表人物。其词前期多写其悠闲生活，后期多悲叹身世，情调感伤，也流露出对中原的怀念。其语言平易清新而内蕴丰富，形成独具特色的“易安体”。《全宋词》收其词50余首。

兴尽晚回舟，误入藕花深处

如梦令

宋 · 李清照

常记溪亭日暮，沉醉不知归路。兴尽晚回舟，误入藕花深处。争渡，争渡，惊起一滩鸥鹭。

注释

如梦令：词牌名。

溪亭：临水的亭台。

藕花：荷花。

争：怎，怎么。

鸥鹭：泛指水鸟。

简析

这是一首忆昔词，写出了作者青春年少时的美好生活和愉悦的心情。

“常记溪亭日暮，沉醉不知归路。”词人常常记起到溪边的亭台游玩，到黄昏的时候，往往沉醉于夕阳美景忘记了归去的路。“沉醉”二字让人不由地想随她一起游于溪边亭台看夕阳斜晖。“兴尽晚回舟，误入藕花深处”两句，接上句的“沉醉”，词人兴致盎然，不想回舟。“误入藕花深处”一句把主人公忘情的姿态表现得淋漓尽致、流畅自然。在一丛丛盛放的粉色荷花中，有一个美人在船上玩得忘情，美景衬美人是多么美好的画面。重复“争渡”二字，表达了词人因迷路而焦急的心理。“惊起一滩鸥鹭”又将画面最后定格在白色鸥鹭惊飞于苍茫暮色之中，充满动态美，余味无穷。

背景

此词当是作者出嫁前居汴京时回忆故乡往事而写成的。根据陈祖美《李清照简明年表》，此词作于宋哲宗元符三年（1100）前后，即词人十六七岁时的作品。

名家点评

〔现代〕唐圭璋：李清照《如梦令》第一句云“常记溪亭日暮”，“常”字显然为“尝”字之误。四部丛刊本《乐府雅词》

原为抄本，并非善本，其误抄“尝”为“常”，自是意中事，幸宋陈景沂《全芳备祖》卷十一荷花门内引此词正作“尝记”，可以纠正《乐府雅词》之误，由此亦可知《全芳备祖》之可贵。纵观近日选本，凡选清照此词者无不作“常记”，试思常为经常，尝为曾经，作“常”必误无疑，不知何以竟无人深思词意，沿误作“常”，以讹传讹，贻误来学，影响甚大。(《百家唐宋词新话》)

卖花担上，买得一枝春欲放

减字木兰花

宋·李清照

卖花担上，买得一枝春欲放。泪染轻匀，犹带彤霞晓露痕。
怕郎猜道，奴面不如花面好。云鬓斜簪，徒要教郎比并看。

注释

减字木兰花：词牌名。

泪：指形似眼泪的晶莹露珠。

奴：作者自称。

云鬓：形容鬓发多而美。

徒：只，但。

郎：在古代既是妇女对丈夫的称呼，也是对她所爱男子的称呼。这里当指前者。

比并：对比。

简析

这首词写买花的一系列心理活动，生动表现了词人对美好事物的喜爱之情以及新婚生活的愉悦。

上片写买花及赏花。开篇“卖花担上，买得一枝春欲放”，写词人从卖花担处买得一枝花，这里的“春”既可以指春天，也可借指花，用一个“春”字给人以姹紫嫣红、百花争艳的美好联想。后句“泪染轻匀，犹带彤霞晓露痕”，一个“泪”字，就把花拟人化了，其中似乎透着女主人公对它的爱怜之情。“彤霞晓露”将花儿的美丽动人、楚楚可怜写得淋漓尽致。

下片写戴花及词人内心的思想活动。首先“怕郎猜道，奴面不如花面好”，细致刻画了词人的心理，进而由以花拟人转入以人比花。最后“云鬓斜簪，徒要教郎比并看”写词人把春花插在鬓角向情郎撒娇，让情郎品评花和人哪个更好看。以上动作和心理活动描写充分表现了女子对丈夫撒娇逗趣又有些隐隐担忧的复杂情感。全篇通过词人买花、赏花、戴花、比花等一系列活动，成功塑造了一个活泼率真的女子形象，极富生活情趣。

背景

此词作于宋徽宗建中靖国元年（1101），其时词人与夫君赵明诚新婚宴尔，心中充满对美好爱情生活的热情。

名家点评

〔近代〕梁乙真：(《减子木兰花》)此种描写直能将少女情绪，和盘托出。(《中国妇女文学史纲》)

〔现代〕赵万里：案汲古阁未刻本《漱玉词》收之，‘染’作‘点’，词意浅显，亦不似他作。(《漱玉词》)

莫道不销魂，帘卷西风，人比黄花瘦

醉花阴

宋·李清照

薄雾浓云愁永昼，瑞脑消金兽。佳节又重阳，玉枕纱厨，半夜凉初透。

东篱把酒黄昏后，有暗香盈袖。莫道不销魂，帘卷西风，人比黄花瘦。

注释

醉花阴：词牌名。

永昼：漫长的白天。

瑞脑：一种薰香名。又称龙脑，即冰片。

消金兽：香炉里香料逐渐燃尽。消，一作“销”，一作“喷”。金兽，兽形的铜香炉。

纱厨：即防蚊蝇的纱帐。

东篱：泛指采菊之地。东晋陶渊明《饮酒》有“采菊东篱下，悠然见南山”之名句，故“东篱”亦成为诗人惯用之咏菊典故。

销魂：形容极度忧愁、悲伤。

帘卷西风：秋风吹动帘子。西风，秋风。

黄花：指菊花。

简析

这首词是李清照婚后所作，抒发了作者在重阳佳节对丈夫无比思念的心情。

上阕写由昼至夜词人所见所感，交代了本词创作的缘由。“薄雾浓云愁永昼”，首句借景抒情，借“薄雾浓云”渲染出一种阴沉忧郁的氛围。“愁永昼”极言白昼漫长，在欢乐的时光中时间总是飞快流逝，而在忧愁苦闷的日子里时间却是那样缓慢。作者此时正独守空房，孤单寂寞，内心忧愁苦闷，故觉时间漫长好似永昼。“瑞脑消金兽”转入室内，作者静静地看着袅袅烟雾从金兽炉上缓缓升起，一个百无聊赖的闺中少妇形象跃然纸上。“佳节又重阳”一个“又”字表达了词人浓重的感情，重阳佳节本是亲人团聚之时，但如今她却只能孤身一人空对良辰美景虚度光阴。“半夜凉初透”说明词人独守空房一天就这么过去。时已半夜，“凉”字既形容秋季的天气微凉，又是作者内心的孤独凄凉，感情层层递进。

下阕专就独自赏菊重点展开。“黄昏”“西风”将孤独寂寞之情进一步强化。“人比黄花瘦”一句堪称精妙绝伦，诗人以黄色的菊花自比，形象地表达了内心无尽的离别之恨和相思之苦。菊花外形淡雅、清秀，与作者因相思而消瘦的体态一般无二。以花喻人，花人相映，营造了一种婉约动人的艺术情境。

背景

这首词是李清照前期的怀人之作。李清照与赵明诚婚后不久，丈夫便“负笈远游”。深闺寂寞，又逢重阳佳节，词人相思之情难以抑制，便写了这首词寄给丈夫。

名家点评

〔明〕杨慎：（批点末两句）凄语，怨而不怒。（《草堂诗余》卷一）

〔明〕茅暎：但知传诵结语，不知妙处全在“莫道不销

魂”。(《词的》卷二)

〔清〕许昂霄：结句亦从“人与绿杨俱瘦”脱出，但语意较工妙耳。(《词综偶评》)

花自飘零水自流。一种相思，两处闲愁

一剪梅

宋·李清照

红藕香残玉簟秋。轻解罗裳，独上兰舟。云中谁寄锦书来，雁字回时，月满西楼。

花自飘零水自流。一种相思，两处闲愁。此情无计可消除，才下眉头，却上心头。

注释

一剪梅：词牌名。

玉簟（diàn）：光滑如玉的竹席。

兰舟：舟船的美称。

锦书：书信的美称。

雁字：雁群飞行时，常排列成“人”字或“一”字形，因称“雁字”。

无计：没有办法。

简析

这是女词人因思念远行的丈夫而作的一首别情词。

“红藕香残玉簟秋”，首句通过室外与室内两种观感共同渲染了秋天凄凉的氛围。“红藕香残”写荷花凋零，“玉簟秋”写枕席之凉，也是独处时的内心感受。“轻解罗裳，独上兰舟”写词人白天独自一人在水面泛舟排遣心中烦闷。“独上”二字更突出了其孤独之感。“云中谁寄锦书来，雁字回时，月满西楼。”词人因看到大雁南归，想象着在月满西楼的夜晚能看到鸿雁传书带来远方丈夫的音信，思念之情在此处表现得生动形象。

“花自飘零水自流”，花儿径自凋零，流水自然地流淌，不因人的愿望停歇半分，词人借景抒情，慨叹时光易逝与无可奈何的情绪。“一种相思，两处闲愁”直接表达相思之苦。但词人不仅仅写自己的苦闷，而是“两处闲愁”，她想象着丈夫是不是也在思念自己，忍受着相思之苦呢，由此可见双方感情之深。“此情无计可消除，才下眉头，却上心头。”结句“才”“却”二字写相思之情连绵不绝，把相思之苦无法排遣的心情表现得淋漓尽致。

背景

此词是李清照前期的作品，当作于婚后不久词人与丈夫赵明诚离别之际。

名家点评

〔明〕王世贞：李易安“此情无计可消除，方下眉头，又上心头。”可谓憔悴支离矣。(《艺苑卮言》)

〔明〕李廷机：此词颇尽离别之情，语意超逸，令人醒目。(《草堂诗余评林》)

何须浅碧深红色，自是花中第一流

鹧鸪天·桂花

宋·李清照

暗淡轻黄体性柔，情疏迹远只香留。何须浅碧轻红色，自是花中第一流。

梅定妒，菊应羞。画栏开处冠中秋。骚人可煞无情思，何事当年不见收。

注释

鹧鸪天：词牌名。

暗淡轻黄：形容桂花的颜色有暗黄、淡黄、轻黄。

体性柔：体质柔弱，性格和顺。体性：本指人的体貌与性情，这里指桂花。

迹远：桂树多生长于深山中，故云。

何须：犹何必，何用。

“画栏”句：化用唐李贺《金铜仙人辞汉歌》的“画栏桂树悬秋香”之句意，谓桂花为中秋时节首屈一指的花木。画栏指饰有彩绘的栏杆。

冠：居于首位。

骚人：指屈原。

可煞：表示疑问，犹可是，是否。

情思：情义。

何事：为何，何故。

简析

这是一首咏桂词，咏物诗词大多以咏物抒情为主，李清照的这首咏桂词却以议论入词，别开生面。寥寥数笔便表达出易安对桂花发自内心的喜爱与赞美，又借对桂花的赞美之情，表达了自己不慕名利、高洁自处的品格。

“暗淡轻黄体性柔，情疏迹远只香留。”前两句是对桂花的直接描写，形神兼备，写出了桂花色淡形柔却香浓的独特风韵，为下文的层层议论奠定了基础。这首词中的议论分为三层，“何须浅碧轻红色，自是花中第一流”为第一层，反映了李清照的审美观，她认为只要味香性柔，何必需要浅绿、轻红这些外在的东西呢？内在美比外在美更重要。“何须”二字，把仅以“色”美取胜的群花一笔荡开，肯定了色淡香浓、品行高贵的桂花。“梅定妒，菊应羞。画栏开处冠中秋”为第二层。梅花和菊花虽兼具内外之美，在桂花面前却都自叹弗如，进而产生了羞愧和妒忌的心理，所以作者推出结论：桂花应该是众多秋季名花之冠。这三句运用了拟人、衬托、侧面描写和正面描写相结合的手法，表达了词人对桂花的由衷赞美。“骚人可煞无情思，何事当年不见收”为第三层，作者抱怨屈原在《离骚》中没有提到桂花，可说是太没有情思了。结句借对古代先贤的抱怨，表达了作者对桂花的无比看重。

背景

这首词的写作背景尚无确考。宋大观二年（1108），李清照随夫赵明诚返回青州故里，直至明诚出守莱州，“屏居乡里十年”。从本词内容和格调看，或许作于这一时期。

名家点评

〔近代〕王国维：“何须浅碧轻红色，自是花中第一流”，易安语也，其词品亦似之。(《人间词话》)

〔现代〕王学初：“骚人”二句：此言屈原《离骚》多载草木名称，而未及桂花。宋陈与义《清平乐·咏桂》词云：“楚人未识孤妍，离骚遗恨千年。”亦即此意。(《李清照集校注》)

惜春春去，几点催花雨

点绛唇·闺思

宋·李清照

寂寞深闺，柔肠一寸愁千缕。惜春春去，几点催花雨。

倚遍阑干，只是无情绪。人何处？连天衰草，望断归来路。

注释

点绛唇：词牌名。

催花雨：春雨。

阑干：同“栏杆”。

简析

本词写女词人独处深闺，盼望丈夫归来而不得的感受，抒发了词人的离愁别恨。

上片写词人深闺中的寂寞愁情及伤春之感。“寂寞深闺，柔肠一寸愁千缕。”首句直抒胸臆，“一寸”柔肠与“千缕”愁思的强烈对比，将词人心中的愁绪无限放大，写出了愁肠欲断、孤独寂寞的凄凉景象。“惜春春去，几点催花雨”，雨声淅淅沥沥，落红满地，春天即将归去。而惜春、惜花，也正是惜青春、惜年华的写照。此句意在表达女子的青春韶华也像这暮春落花一样在这深闺的寂寞等待中渐渐流逝了。

下片写凭栏思人。“倚遍阑干，只是无情绪。”一个“遍”字极言词人的百无聊赖，烦闷不已，“无情绪”并不是内心没有情绪，反而正表现了愁太深以至于难以排解。然望眼欲穿仍望夫不归，结尾“人何处？连天衰草，望断归来路”道出了词人凭阑远望只因思念丈夫，盼其归来，“望断”二字将此种思念之情写到了极致。全词层层深入，由寂寞之愁转入伤春之愁，再到伤别之愁，到盼归之愁，有力地表现了词人心中愁情越来越深的过程。

背景

此词是李清照的早期作品，创作地点在青州。据陈祖美《李清照简明年表》，此词大约作于重和元年至宣和二年（1118—1120）期间。当时赵明诚或有外任，李清照独居青州。

名家点评

〔明〕黄河清：夫词体纤弱，壮夫不为。独惜篇什寂寥，彼歌《金缕》、唱《柳枝》者，其声宛转易穷耳。所刻《续集》中如李后主之“秋闺”，李易安之“闺思”，晏叔原之“春景”，萧竹屋之“纪梦”“怀旧”，周美成之“春情”……以此数阕，授一小青蛾，拨银筝，倚绿窗，作曼声，则绕梁遏云，亦足令多情人魂销也。（《草堂诗余续集·序》）

〔明〕陆云龙：泪尽个中。（《词菁》）

〔清〕陈廷焯：情词并胜、神韵悠然。（《云韶集》）

陆 游

陆游（1125—1210），字务观，号放翁，越州山阴（今浙江绍兴）人，南宋爱国诗人。历任福州宁德县主簿、隆兴府通判等职，因坚持抗金，屡遭主和派排斥，晚年闲居山阴，始终惦念国家统一。

陆游性格豪放，胸怀壮志，在诗歌风格上追求雄浑豪健，形成了气势奔放、境界壮阔的诗风。其诗语言平易晓畅，章法整饬谨严，在南宋诗坛占有重要地位。有《剑南诗稿》等存世。

山重水复疑无路，柳暗花明又一村

游山西村

南宋 · 陆游

莫笑农家腊酒浑，丰年留客足鸡豚。
山重水复疑无路，柳暗花明又一村。
箫鼓追随春社近，衣冠简朴古风存。
从今若许闲乘月，拄杖无时夜叩门。

注释

腊酒：腊月里酿造的米酒。

豚：小猪，诗中代指猪肉。

春社：古代把立春后第五个戊日作为春社日，拜祭社公（土地神）和五谷神，祈求丰收。

若许：如有可能。

闲乘月：有空闲时趁着月光前来。

无时：没有一定的时间，即随时。

简析

这是一首充满理趣的游记抒情诗。表达了诗人对淳朴农家生活的热爱以及乐观积极的心态。

首联勾勒出丰收年景农村淳朴热闹的画面。不要嘲笑农家腊月里酿的酒又浊又浑，在丰收的年景里待客的菜肴也是非常丰富的。“莫笑”是诗人对农村淳朴民风的赞赏。“足”字表达了淳朴农家人的热情好客。颔联写诗人步入山村，山峦重叠水流曲折，正担心无路可走，柳绿花艳间忽然眼前又出现一处人烟。此句写景中寓含人生哲理：人们在遇到难题的时候，往往会有茫然无措之感，但只要锲而不舍地探索，往往便能出现转机，发现一个前所未见的新天地。这句不仅反映了诗人对自身前途所抱的极大期望，也指出了世间事物消长变化的哲理。颈联“箫鼓追随春社近，衣冠简朴古风存”描摹了一幅南宋初年的农村风俗画卷，表达了诗人对古老乡土风俗的欣赏与赞美。尾联写诗人临别之际希望从今而后，能不时拄杖乘月，轻叩柴扉，与老农亲切絮语。本诗通过简朴的话语将一位热爱家乡并与百姓亲密无间的诗人形象跃然纸上。

背景

此诗作于宋孝宗乾道三年（1167）春。在此之前，陆游任隆兴府（今江西南昌市）通判，因积极支持张浚北伐，遭到主和投降派的排挤打击，罢官归里。陆游回到家乡的心情应当说是相当复杂的，但在农村淳朴诚挚的生活中感受到了希望和光明。此诗即诗人在山阴老家所作。

名家点评

〔清〕方东树：以游村情事作起，徐言境地之幽，风俗之美，愿为频来之约。(《昭昧詹言》)

〔现代〕钱钟书：（评颔联）陆游这一联才把它写得“题无剩义”。(《宋诗选注》)

杨万里

杨万里（1127—1206），字廷秀，号诚斋，吉州吉水（今江西吉水）人，南宋爱国诗人。与陆游、尤袤、范成大并称“南宋四大家”（又作“中兴四大诗人”）。杨万里一生作诗两万多首，传世作品有四千二百首，被誉为一代诗宗。其诗大多描写自然景物，语言浅近明白、清新自然。有《诚斋集》存世。

晴明风日雨干时，草满花堤水满溪

桑茶坑道中（其七）

南宋 · 杨万里

晴明风日雨干时，草满花堤水满溪。
童子柳阴眠正着，一牛吃过柳阴西。

注释

桑茶坑：地名，在安徽泾县。
阴：指柳下的阴影。

简析

这首诗写的是诗人在雨后初晴的桑茶道中所见儿童牧牛的情景，诗人用平白简练的文字描绘了一幅春末夏初的田园风光图。

“晴明风日雨干时”，首句点明天气，即雨后初晴，阳光透亮，风儿流畅，地面的积水正被阳光蒸发，被风儿吹干，大自然中处处充满了生机。“草满花堤水满溪”，一场雨后，小溪里涨满了水，岸边丛生的绿油油的野草，盛开着绚丽缤纷的野花。“满”在这里作为动词，写出了堤上花草的繁盛之状，仿佛青草野花有意识地去装点堤岸一般，十分生动有趣。

“童子柳阴眠正着，一牛吃过柳阴西。”童子在柳树的浓荫下酣睡，牛儿自由自在地吃草，悠然自得。第三句写出了牧童柳阴下酣睡时自然悠闲的“静”，第四句写牛儿自由自在地吃草的“动”，一静一动，和谐自然，富有浓浓的生活气息和原始朴素的美感。

背景

此诗当作于宋光宗绍熙三年（1192）。杨万里六十六岁，谢病自免，回归吉水。本组诗共八首，写沿途所见景物，此为其一。

名家点评

〔近代〕陈衍：宋诗人工于七言绝句而能不袭用唐人旧调者，以放翁、诚斋、后村为最。大略浅意深一层说，直意曲一层说，正意反一层、侧一层说。诚斋又能俗语说得雅，粗语说得细，盖从少陵、香山、玉川、皮、陆诸家中一部分蜕化而出也。如“晴明风日雨干时，草满花堤水满溪。童子柳阴眠正着，一牛吃过柳阴西”。……此外，以粗语俗语入诗者未易悉

数。善学之可以上追圣俞、后山；不善学而一味为之，或流于钉铰击壤。(《石遗室诗话》卷十六)

日长睡起无情思，闲看儿童捉柳花

闲居初夏午睡起（其一）

南宋·杨万里

梅子留酸软齿牙，芭蕉分绿与窗纱。
日长睡起无情思，闲看儿童捉柳花。

注释

无情思：没有情绪，指无所适从，不知做什么好。思，情绪。

捉柳花：戏捉空中飞舞的柳絮。柳花，即柳絮。

简析

这首诗写的是午睡初起、没精打采的诗人在看到追捉柳絮的儿童时，童心复现，不知不觉间沉浸其中，写出了闲适的心情，全诗充满生活情趣。

“梅子留酸软齿牙，芭蕉分绿与窗纱。”诗的前二句细致描写梅子、芭蕉两个特征鲜明的事物，点明了此时的时间是初夏时节。这时候的梅子还未完全成熟，吃过之后，余酸还残留在唇齿之间，仿佛牙齿都被软化了；芭蕉快速生长，浓绿的树荫映衬到纱窗上。一个“软”字生动表现了梅子的青涩，一个

"分"字又形象地表现了初夏芭蕉的旺盛的生命力，富于动态。

"日长睡起无情思，闲看儿童捉柳花。"后二句点明了夏日里白昼之长，并有百无聊赖之意。春去夏来，日长人倦，午睡初醒时，闲居中的诗人正不知做什么好，只见窗外调皮的儿童正追逐捕捉着空中飘飞的柳絮，令人心情畅快悠闲。诗中用一个"闲"字，把诗人心中那份恬静闲适和对乡村生活的喜爱之情淋漓尽致地表现了出来，并且巧妙地呼应了诗题。

背景

本诗为孝宗乾道二年（1166）诗人因丁忧闲居故乡时所作。

名家点评

〔南宋〕罗大经：杨诚斋丞零陵时，有《春日》绝句云："梅子流（留）酸软齿牙，……"张紫岩（浚）见之曰："廷秀胸襟透脱矣。"（《鹤林玉露》卷十四）

〔清〕王端履："梅子留酸""芭蕉分绿"已是初夏风景，安得复有柳花可捉乎？（《重论文斋笔录》卷九）

篱落疏疏一径深，树头花落未成阴

宿新市徐公店（其一）

南宋·杨万里

篱落疏疏一径深，树头花落未成阴。
儿童急走追黄蝶，飞入菜花无处寻。

注释

篱落：篱笆。

疏疏：稀疏，稀稀落落的样子。

一径深：一条小路很远。深，深远。

阴：树叶茂盛浓密。

急走：奔跑。走，跑。

简析

这是一首描写暮春时节田园风光的诗歌，写诗人投宿客店时的所见。

“篱落疏疏一径深，树头花落未成阴。”前两句静态描写田园风景：乡间的篱笆稀稀落落，沿着篱笆衍生出一条通向远方的小路，路边的树上已经看不到初春的花朵了，但是新生的叶子却嫩生生的，还没有长成浓密的树荫。在诗人寥寥数笔之下，一片欣欣向荣的暮春田园图卷在读者眼前缓缓展开。前两句全用白描手法，不加赘述，简单易懂，又别有意境。

“儿童急走追黄蝶，飞入菜花无处寻。”后两句以儿童扑蝶的活动动态描摹出一派欢乐场面。这是油菜花盛开的季节，大片的油菜花灿烂地绽放，无忧无虑的儿童在花田里奔跑嬉闹，他们追逐着飞舞的蝴蝶，一不留神却在油菜花丛中失去了蝴蝶的踪迹。“急走”“追”两个动词，使儿童的天真可爱、活泼淘气的形象跃然纸上。“无处寻”三字收住全诗，却留下了想象的空间，仿佛能够看到一个搔首踟蹰的儿童焦急寻找蝴蝶的动作和神态，使读者不禁莞尔一笑。本诗景人结合，动静结合，形象生动地刻画出农村恬淡自然、宁静清新的暮春风光，真切感人，别有生趣。

背景

这首诗作于宋光宗绍熙三年（1192）。彼时杨万里正任江东转运副使，任所在建康（今江苏南京）。诗题中的“新市”是当时一处城镇，在今浙江德清东北，位于临安（今浙江杭州）与建康之间。这里水陆环绕，舟车通利，是作者离开临安去建康任所，或从建康返回临安述职的必经之地。诗人途经这里，略作停留，短期借宿，见景生情，有感而发，于是赋写了两首诗。本诗为其中一首。

名家点评

〔南宋〕陆游：诚斋老子主诗盟，片言许可天下服。(《赠谢正之秀才》)

〔清〕翁方纲：诚斋之诗，巧处即其俚处。(《石洲诗话》)

接天莲叶无穷碧，映日荷花别样红

晓出净慈寺送林子方

南宋·杨万里

毕竟西湖六月中，风光不与四时同。
接天莲叶无穷碧，映日荷花别样红。

注释

晓出：太阳刚刚升起。

净慈寺：全名“净慈报恩光孝禅寺”，与灵隐寺同为杭州西湖南北山著名佛寺。

林子方：作者的朋友，官居直阁秘书。

四时：春夏秋冬四个季节。在这里指六月以外的其他时节。

简析

这首诗描写了六月的杭州西湖之美。诗人在西湖的六月里，送别了朋友林子方，却不立意于对友谊的记叙或者渲染留别的心绪，而是另辟蹊径，描绘了一幅西湖美景。

“毕竟西湖六月中，风光不与四时同。”开篇两句总写自己对于六月西湖的感受，没有华丽的辞藻堆砌，直接交代六月里的西湖风光与众不同，令人产生好奇。“接天莲叶无穷碧，映日荷花别样红。”后两句详细描写了这其中的不同：无边的湖面亭亭玉立的荷叶，在阳光下盛放的朵朵荷花，美得灿烂、热烈。“碧”和“红”形成颜色上的对比，凸显了绿色的荷叶和粉嫩的荷花给人带来的强烈观感。“接天”一词指西湖之上一眼望不到头的莲叶仿佛与天际相连，一方面写出了荷叶蔓延的范围之大，另一方面渲染了天地广阔，寥寥几笔勾勒出一幅宏大的空间。“映日”与“荷花”互相衬托，使得整幅画面多彩生动，愈发美好。全诗虚实结合，晓畅明丽，是描写西湖景色的经典诗篇。

背景

杨万里是林子方的上级兼好友，两人志同道合，经常聚在一起畅谈国事、切磋诗文。林子方被调离皇帝身边，离开杭州到福州任职，自以为仕途升迁，内心愉悦。但杨万里则不以为然，送林子方赴福州时，写下此诗，实有挽留之意。

名家点评

〔清〕恒仁：此杨诚斋《晚（晓）出净慈（寺）送林子方》诗。亦犹东坡《赠刘景文》“一年好景君须记，正是橙黄桔绿时”之意。坊刻《千家诗》误以为东坡作。二如亭《群芳谱》亦沿其谬。《广群芳谱》亦未改正。又按《月令辑要》亦载此首，题曰：“苏轼湖上诗。”(《月山诗话》)

辛弃疾

辛弃疾（1140—1207），字幼安，号稼轩，历城（今山东济南）人。南宋豪放派词人，与苏轼合称“苏辛”，与李清照并称“济南二安”。其词题材广泛，艺术风格多样，以豪放为主，沉雄豪迈又不乏细腻柔媚之处。有词集《稼轩长短句》等存世。

百花头上开，冰雪寒中见

生查子·重叶梅

南宋·辛弃疾

百花头上开，冰雪寒中见。霜月定相知，先识春风面。
主人情意深，不管江妃怨。折我最繁枝，还许冰壶荐。

注释

头上：先。

见：通“现”，显现，出现。

霜月：月色如秋霜。

相知：了解我。

江妃：即唐明皇梅妃，性喜梅，所居悉植之。帝以其所好，戏名曰梅妃。这里以江妃代梅妃。

许：答应，应诺。

荐：进献。

简析

这是一首咏梅词，词人吟咏了一种叫作重叶梅的梅花，这种梅花顾名思义，花朵重重叠叠，绽放之时就像小小的白莲花，是梅花中比较珍奇的品种。

"百花头上开，冰雪寒中见。"前两句写在严寒的冰雪天气中，重叶梅独自盛开，对比尚未开放的百花，重叶梅不畏惧严寒风雪，自在绽放，凸显出别具一格的高洁风采。"霜月定相知，先识春风面"写梅花具有先于百花报春的先觉者的独特品质。

"主人情意深，不管江妃怨。折我最繁枝，还许冰壶荐。"下片借用江妃喜梅的典故，写因为主人的喜欢，哪怕引起江妃的抱怨，也要折下最繁茂的枝头，插到冰壶中欣赏。最后两句诗"折我最繁枝，还许冰壶荐"具体描写了主人对重叶梅的珍爱之情，着重强调"最繁枝"——最好的重叶梅，将其插到冰壶水中供人欣赏，更加表现出主人对重叶梅的喜爱之甚。词人托物言志，以双叶梅自况，暗含着希望能够受到国家赏识重用，为国建功立业的愿望。

背景

绍兴三十二年（1162），主张抗金的辛弃疾渡江投奔南宋，但现实是主张收复中原的仁人志士屡遭投降派、主和派的打击。辛弃疾看到在寒风中盛开的重叶梅时，不由赞叹重叶梅不畏严寒傲然盛开的高贵品格，写下了这首词。

名家点评

〔南宋〕范开曾：公一世之豪，以气节自负，以功业自许，方将敛藏其用以事清旷，果何意于词哉，直陶写之具耳。(《稼轩词集》序)

稻花香里说丰年，听取蛙声一片

西江月·夜行黄沙道中

南宋·辛弃疾

明月别枝惊鹊，清风半夜鸣蝉。稻花香里说丰年，听取蛙声一片。

七八个星天外，两三点雨山前。旧时茅店社林边，路转溪桥忽见。

注释

西江月：唐教坊曲名，后用作词牌名。

黄沙道：指从江西上饶村的茅店到大屋村黄沙岭之间的乡村道路，南宋时期为一条直通上饶古城的官道。

茅店：用茅草盖起来的乡村客店。

社林：土地庙附近的树林。社，指土地庙。

简析

这是作者贬官闲居江西时创作的一首吟咏田园风光的词。

上阕写出了作者在田园夏夜所见之景。“明月别枝惊鹊，清风半夜鸣蝉。”前两句生动描绘了宁静美好的夏夜乡间景色：晴朗的夜空中，一轮明月悄然升起，树枝头上栖息的喜鹊被这明亮的月光惊醒，飞离了枝头，空留枝头在寂寥的夜空中摇曳。夜色愈深，几声蝉鸣伴着徐徐的清风送到词人耳边，愈显清幽。“惊鹊”“鸣蝉”动中有静，以动衬静，将夏夜的田园写得生动美好，令人神往。“稻花香里说丰年，听取蛙声一片。”后两句将笔墨着于田野，飘香于漫山遍野的稻花预示着一年的丰收，群蛙也仿佛不甘示弱，在田野间声声鸣叫，仿佛诉说着即将到来的收获喜悦。

“七八个星天外，两三点雨山前。”下阕前两句工整对仗，声韵和谐，寥寥几点星辰点缀在夜空中，在云朵后躲躲藏藏，不经意间，山前下起了小雨，点点雨滴落在了词人的身上，给人带来清凉又不致有淋湿的尴尬。这一派天边之景看似与乡间相距甚远，却又与上阕的田园风光相契合。“旧时茅店社林边，路转溪桥忽见。”末两句引出了乡间的旅店，交代了行程之快。作者虽然对道路熟悉，但是因为沉醉于美景、蛙声之中，不知不觉已经快走到了茅店，侧面衬托了这乡间美景是多么令人陶醉。

背景

宋孝宗淳熙八年（1181），辛弃疾因力主抗金受主和派排挤，遭弹劾罢官，回到上饶带湖家居，并在此生活了近十五年，过着投闲置散的退隐生活。在此期间辛弃疾留下了不少词作，这首词即为其中之一。

名家点评

〔现代〕唐圭璋：作者以宁静的笔调描写了充满着活跃气氛

的夏夜。一路行来，有清风、明月、疏星、微雨，也有鹊声、蝉声，还闻到了稻花香。走得久了，忽然看到那家熟识的小店，可以进去歇歇脚，愉悦之情，油然而生。(《唐宋词选注》)

严 蕊

严蕊，生卒年不详，原姓周，字幼芳，南宋中叶女词人。出身低微，沦为台州营妓，色艺冠绝当时，善操琴、弈棋、歌舞、丝竹、书画，学识通晓古今，诗词语意清新。

若得山花插满头，莫问奴归处

卜算子

南宋・严蕊

不是爱风尘，似被前缘误。花落花开自有时，总赖东君主。
去也终须去，住也如何住！若得山花插满头，莫问奴归处。

注释

风尘：古代形容妓女为堕落风尘。

前缘：前世的因缘。

东君：司春之神，借指主管妓女的地方官吏。

简析

这首词抒写词人沦落风尘、俯仰随人的无奈。

“不是爱风尘，似被前缘误。”首句即亮明观点，表明自己不是天生喜欢这种堕落风尘的境遇，有为自己辩解的成分，也有自伤自怨的情绪，更暗含一股被诬陷的怨气与愤怒。“花开花落自有时，总赖东君主。”后两句写花的开放和凋落都有自己的时间，但这一切都由司春的神明东君做主。这一句看似写花开花落的自然现象，实际以此来比喻自己的人生被有权有势的人操纵在手里，身不由己，对自己的身世有深深的感伤，也隐隐透露出希望主理刑事的地方长官网开一面。

“去也终须去，住也如何住！”虽然内心不愿继续留在风尘之中，希望从风尘中解放出来，脱离这片苦海，却不直抒其意，而是用迂回的方式，表达出想脱离风尘苦海的想法。一个“去”字，是作者对自由的极度渴望。“若得山花插满头，莫问奴归处。”如果有一天，可以像村妇一样将山里的野花插在头上，过着平凡的乡间生活，就不需要去问她的去处了。这一句以想象中自由的乡间田园生活表达出心中所愿。词人巧妙地表达了即使身份低微却也自尊自爱的人格，透出一股清高之气，不过分卑微自艾，委婉地表述了自己的想法。

背景

南宋淳熙九年，朱熹巡行台州，因唐仲友的永康学派反对朱熹的理学，朱熹上疏弹劾唐仲友，论及唐与严蕊风化之罪，下令黄岩通判抓捕严蕊，严刑逼供，但严蕊宁死不屈。此事朝野议论，震动孝宗。后朱熹改官，岳霖任提点刑狱，释放严蕊，问其归宿。严蕊作这首《卜算子》。岳霖判令从良，被赵宋宗室纳为妾。

名家点评

〔近代〕王国维：宋人小说，多不足信。如《雪舟脞语》谓：台州知府唐仲友，眷官伎严蕊奴。朱晦庵系治之。及晦庵移去，提刑岳霖行部至台，蕊乞自便。岳问曰："去将安归。"蕊赋《卜算子》词云："住也如何住"云云。案此词系仲友戚高宣教作，使蕊歌以侑觞者，见朱子《纠唐仲友》奏牍。则《齐东野语》所纪朱唐公案，恐亦未可信也。(《人间词话删稿》)

关汉卿

关汉卿（约1220—1300），号已斋叟，大都（今北京）人。元代著名杂剧作家，“元曲四大家”之首。代表作有《窦娥冤》《救风尘》等。其散曲内容丰富，格调清新刚劲。本人被誉为“曲圣”。

凭阑袖拂杨花雪

四块玉·别情

元·关汉卿

自送别，心难舍，一点相思几时绝？凭阑袖拂杨花雪。溪又斜，山又遮，人去也！

注释

四块玉：曲牌名。

绝：断。

杨花雪：如雪花般飞舞的杨花。

斜：此处指溪流拐弯。

简析

这首小令描绘的是女子送别心上人后，望着他离别的方向独自伤怀，形象生动地刻画了女子内心的不舍和痛苦之情。

“自送别，心难舍，一点相思几时绝？”首句就像是女子的自嘲：自从他离开以后，心头涌上的相思，怎么就停止不了呢？何苦惹得我这样难受！这里是以女子的口吻进行的心理描写，直接表露女子的思念之情。女子自嘲罢，本想将相思先收一收，却“才下眉头，又上心头”，还是放不下他。倚着栏杆眺望，不觉杨花已纷纷落下，恰似心中无尽的思念。女子也只能叹息一声轻拂了这“落雪”，一个望远怀人、无限怅惘的思妇形象跃然纸上。“溪又斜，山又遮，人去也。”女子望着远处，本想还能看到情人远去的一点背影，但弯弯绕绕的溪水又隐在了山间，他的身影也再看不到半分了。女子这时已伤痛欲绝，重重叠叠的小溪、重峦叠嶂的山峰让她认识到自己跟情郎的距离已经越来越远了。最后一声“人去也！”更是将女子的怨恨悲痛表达得凄楚动人。

名家点评

〔明〕朱权：关汉卿之词，如琼筵醉客。观其词语，乃可上可下之才。(《太和正音谱》)

〔近代〕王国维：一无依傍，自铸伟词，而其言曲尽人情，字字本色，故为元人第一。(《宋元戏曲史》)

马致远

马致远（约1251—1321），字千里，号东篱，大都（今北京）人。早年生活坎坷，屡试不第，40岁才考中进士。曾在江浙一带做官，不甘屈居下僚，遂致仕隐居。

马致远是元代著名的戏曲家、散曲家、杂剧家。与关汉卿、郑光祖、白朴并称“元曲四大家”。有《东篱乐府》等存世。

落花水香茅舍晚，断桥头卖鱼人散

寿阳曲·远浦帆归

元·马致远

夕阳下，酒旆闲，两三航未曾着岸。落花水香茅舍晚，断桥头卖鱼人散。

注释

浦：水边。

酒旆（pèi）：酒店的旗帘，酒家悬于门前以招徕顾客。

航：代指晚归的帆船。

着岸：靠岸。

简析

这首小令描绘了一幅渔民暮归图，表现了江村生活的恬静闲适。

“夕阳下，酒旆闲，两三航未曾着岸。”词人视线由远而近再到远，目光所见呈现出一派闲适宁静的傍晚景象。在夕阳的余晖下，一切都显得安静而美好。酒家门前用来招徕顾客的酒旆也不再舞动，一个“闲”字既是对环境的渲染，也是对人悠闲状态的描摹。江面上的渔船大多都已靠岸，只有两三个小船儿还在慢悠悠地往岸边驶来。词人用寥寥数语，就给我们展现了一幅江村组图，风光与人文各具姿态，营造了宁静安然的渔村氛围。

“落花水香茅舍晚，断桥头卖鱼人散。”花香弥漫，落花流水，飘落的花瓣似乎也染香了流水，三三两两的茅舍临水而居，渔人都已归家，断桥旁边卖鱼的小贩也收拾了东西，结束了一天的忙碌。作者虽未点明渔人归家后的场景，但读者却完全可以根据生活的经验领悟到这种怡然自得的田园之乐。作者离家在外，看到远浦帆归和渔人还家的景象，也不由得引起了思乡之情。

背景

这首小令是马致远“潇湘八景”组曲中的第二首，记录了其由江西至湖南行役之际游洞庭湖的感受，描写美丽景色的同时也蕴含着漂泊在外的离愁别绪。

名家点评

〔明〕何良俊：马之辞老健而乏滋媚。(《四友斋丛说》)

〔明〕王骥德：有比之于诗中杜甫。(《曲律》)

张可久

张可久（约1270—1348），字小山，一名伯远，庆元（今属浙江宁波）人。元代著名散曲家、剧作家。现存小令855首，数量居元散曲家之首，与乔吉并称“元散曲两大家”。其作品多写景抒情，感怀不遇，辞藻清丽，华而不艳，声律协和，风格典雅。著有《小山乐府》《张小山小令》等。

兽炉沉水烟，翠沼残花片

塞鸿秋·春情

元·张可久

疏星淡月秋千院，愁云恨雨芙蓉面。伤情燕足留红线，恼人鸾影闲团扇。兽炉沉水烟，翠沼残花片。一行写入相思传。

注释

芙蓉面：形容女子面容姣好。

燕足留红线：典故出自《丽情集·燕女坟》：宋末娼家女姚玉京嫁夫后不久丈夫便亡故了，玉京矢志奉养公婆。常有双燕筑巢于梁间。一日，其中一只被鸷鹰捉去，另一只孤飞悲鸣，停在玉京臂上，似要与她告别。玉京以红线系燕尾，嘱咐明年再来做伴，第二年燕子果然来到，此后相伴六七年。玉京病亡，燕子也飞到坟前悲鸣而死。这里形容离别后的孤寂和相思之情。

鸾影：据《异苑》记载，罽国国王买得一鸾，三年未鸣。夫人言：吾曾听闻鸾见其类则鸣。王听其言，命人悬镜照之，鸾睹影悲鸣，冲霄一奋而绝。此处借指孤独女子的身影。

兽炉：兽形的金属香炉。

沉水烟：即沉水香，俗名沉香，一种名贵香料。

沼：池塘。

简析

此曲表现的是女子对心上人的思念之情，通过细致的描写和用典，把女子的相思之苦描摹得淋漓尽致。

“疏星淡月秋千院，愁云恨雨芙蓉面。”首句通过星月渲染了一种寂寥萧瑟的氛围，衬出主人公的悲伤。三两个星星，合着一胧淡淡的明月，照亮了架着秋千的院落，一女子正在感怀伤恨。“芙蓉面”描绘女子的美貌，“愁云恨雨”更是显得楚楚可怜。第二句用典，借“燕足留红线”和“鸾影”的典故，含蓄却深切地表现了女主人公痛苦难抑的心情。心爱之人远去不能相见，怎一个愁字了得。就像那有情义的燕子和鸾，最终也难以忍受孤独寂寞的折磨。“兽炉沉水烟，翠沼残花片。一行写入相思传。”尾句看似写景，却是借沉香和残花，将相思寄寓在烟雾和花瓣上，此情此景仿佛一行行字句写入了相思的情传，将相思的哀愁推向极致。

背景

此曲描写女子对男子的相思之情，具体作年不详。

名家点评

〔明〕朱权：如遥天笙鹤。……诚词林之宗匠也。(《太和正音谱》)

〔清〕许光冶：俪辞追乐府之工，散曲撷唐宋之秀。(《江山风月谱》)

王 冕

王冕（1287—1359），字元章，号煮石山农、饭牛翁等。诸暨（今浙江诸暨）人，元末明初著名诗人、画家。自幼家贫，自学成才。其诗多描写隐逸生活及社会现实中的民生疾苦，语言质朴，不拘常规。著有《竹斋集》。

吾家洗砚池头树，朵朵花开淡墨痕

墨梅

元·王冕

吾家洗砚池头树，朵朵花开淡墨痕。
不要人夸颜色好，只留清气满乾坤。

注释

墨梅：用水墨画的梅花。

洗砚池：写字、画画后洗笔洗砚的池子。

头：边上。

淡墨：水墨画中将墨色分为四种，如清墨、淡墨、浓墨、焦墨。这里是说那朵朵盛开的梅花，是用淡淡的墨迹点化成的。

满乾坤：弥漫在天地间。乾坤指人间天地间。

简析

本诗是元代诗人王冕的一首代表作。王冕一生酷爱梅花，自号“梅花屋主”，喜种梅，咏梅，尤爱画墨梅。梅花身上寄寓了作者不慕权贵、高洁超逸的人生追求。

“吾家洗砚池头树，朵朵花开淡墨痕。”首句平铺直叙，写自己家洗砚池边有一株梅花，花开时朵朵都带着淡淡的墨痕。墨梅由淡墨画成，没有艳丽的着色，但王冕的墨梅，求的是风骨，画的是神态，不需要过多颜色的修饰，仅凭墨色就可把梅花的高洁端庄、幽香淡雅以及凌霜傲雪的不屈品格描绘出来。就像诗中后两句所写“不要人夸好颜色，要留清气满乾坤”，作者托物言志，愿跟梅花一样，不需要“夸赞颜色”的虚名，不想用鲜艳的色彩去讨好别人，只要把自己的清气留在这人世间就满足了。现实中，作者不巴结权贵，废弃功名利禄，归隐浙东九里山，以作画易米为生，用行动践行了自己对高洁品格的追求。

背景

王冕爱梅花且擅长画梅花，每画必题诗其上。这首诗便是作者题咏自己所画梅花的诗作。

名家点评

〔明〕刘基：予在杭时，闻会稽王元章善为诗，士大夫之工诗者多称道之，恨不能识也。至正甲午（1354）盗起瓯括间，予避地之会稽，始得尽观元章所为诗。盖直而不绞，质而不俚，豪而不诞，奇而不怪，博而不滥，有忠君爱民之情，去恶拔邪之志，恳恳悃悃，见于词意之表，非徒作也，因大敬焉。(《竹斋诗集·原序》)

贝 琼

贝琼（1314—1378），字廷琚，一名阙，崇德（今浙江桐乡）人。元末客游于江浙，张士诚据吴，屡征不就。明洪武初应征修《元史》，后任国子助教等职。与张美和、聂铉齐名，时称“成均三助”。贝琼二十多岁起从杨维桢学诗，诗风平易。著作有《清江文集》《清江诗集》。

海榴花发应相笑，无酒渊明亦独醒

己酉端午

元·贝琼

风雨端阳生晦冥，汨罗无处吊英灵。
海榴花发应相笑，无酒渊明亦独醒。

注释

端阳：端午节。

晦冥：昏暗，阴沉。

汨罗：汨罗江。

吊：凭吊，吊祭。

英灵：指屈原。

海榴：石榴。

醒：清醒。

简析

这是一首于端午凭吊屈原的诗。贝琼先是借屈子抒发了自己怀才不遇的哀伤，后又用榴花自嘲，表现了自己虽不被赏识却仍旧洒脱的豁达心态。

首句写景，“风雨端阳生晦冥”点明了端午节这天的天气，狂风与阴云密布，远远望去是茫茫的一片，分不清边界在哪，为下一句“无处吊英灵”做了铺垫。正是因为这样恶劣的天气，原本纪念屈子的活动都没有展开，偌大的江面，竟无一人凭吊。屈原作为一个满腹才华却不得重用的爱国诗人，本应在端午这天受到无数人的追忆，可现在只有作者在独自伤悲，这一幕不由得让人心痛不已。第二句生起“英灵何在”的感叹，为屈原和自己的怀才不遇愤愤不平。

“海榴花发应相笑”将榴花拟人化，似是在嘲笑作者竟为这点小事而痛苦，实为作者的自嘲和自我劝解，一转低沉压抑的气氛，表现出一种洒脱豁达：区区小事，何足挂齿忧心！结句“无酒渊明亦独醒”借用“渊明无酒对黄花”的典故自嘲，通过对比手法表达了自己虽然不受赏识，但也能洒脱对待的淡然心态。

背景

贝琼生于元代中后期，因元朝统治者不重视科举考试，并对汉族知识分子采取压迫和歧视政策，汉族知识分子多怀才不遇，有志难伸。诗人在端午节这天看到狂风暴雨，想起屈原这位怀才不遇的伟大爱国者，不禁兴叹，同时也表现了自己虽不受重用但仍可以有自在洒脱的一面。

名家点评

〔清〕朱彝尊：（贝琼诗）爽豁类汪广洋，整丽似刘基，圆秀胜林鸿，清空近袁凯，风华亚高启，朗净过张羽，繁缛愈孙蕡，足以领袖一时。(《静志居诗话》)

〔清〕永瑢、纪昀：其诗温厚之中自然高秀，虽不能兼有诸人之胜，而驰骤于诸人之间，实固无所多让。(《四库全书总目提要》)

杨 基

杨基（1326—1378），字孟载，号眉庵，苏州吴县（今苏州市）人。初为张士诚记室，洪武初年为荥阳知县。官至山西按察使。因事被罢官罚作劳役，死于役中。

杨基诗文书画俱佳，其诗秾丽华美，富于才情，与高启、张羽、徐贲并称“吴中四杰”。著有《眉庵集》。

细雨茸茸湿楝花，南风树树熟枇杷

天平山中

明·杨基

细雨茸茸湿楝花，南风树树熟枇杷。
徐行不记山深浅，一路莺啼送到家。

注释

天平山：在江苏省苏州市西，山顶正平，称望湖台。杨基家在赤山，离天平山很近。

茸茸：形容小雨又细又密。

楝花（liàn）：楝树花，楝树为江南一带树种，初夏开淡紫色花。

徐：慢慢地。

山深浅：山路的远近。

简析

这首诗写诗人游历江苏天平山时所见美景，表达了内心的无限惬意。

“细雨茸茸湿楝花，南风树树熟枇杷。”前两句措辞工整对仗，音韵和谐。春雨时节，淡紫色的楝花树因蒙蒙细雨滴落在花朵上显得格外鲜艳，一排排枇杷树上的果子似乎也被徐徐的南风吹得成熟了，空气中弥漫着花果的清香。“茸茸”写出雨滴落在楝花上时细小而密集的状态；“树树”表明了枇杷树的繁多，使诗句具有韵味，映现出盎然春意。

“徐行不记山深浅，一路莺啼送到家。”后两句写作者在归途中沿着山路慢慢往回走，陶醉于这初夏的美景，浑然不觉道路的遥远。路旁可爱的黄莺好似相识的朋友用鸣叫引导诗人一路前行，把诗人送回了家中。“送”是点睛之笔，将黄莺拟人化，充满生趣。末句通过刻画诗人与黄莺一路相伴的情景，表现了诗人在归家途中怡然自得的心情和对大自然美丽景色的赞美。

背景

天平山是吴中名胜之一，林木秀润，奇石纵横，诗人自幼生活在这里，山中的一木一石对他来说都十分熟悉，十分亲切。这首诗便是诗人隐居时漫步山中有感而作。

名家点评

〔明〕顾起纶：（杨基诗）才长逸荡，兴多隽永，且格高韵胜，浑然无迹。(《国雅品》)

于 谦

于谦（1398—1457），字延益，号节庵，杭州钱塘（今浙江省杭州市）人。明代杰出政治家、军事家和改革家。历任监察御史、河南山西巡抚、兵部尚书等。土木之变后于谦力主御敌，反对议和，积极整饬军队，加强防范，终使大明王朝转危为安。

于谦的诗不事雕琢，朴实易懂。其诗作内容丰富，多表达爱国忧民的情感，表现坚强信念和坚贞节操。有《于忠肃集》存世。

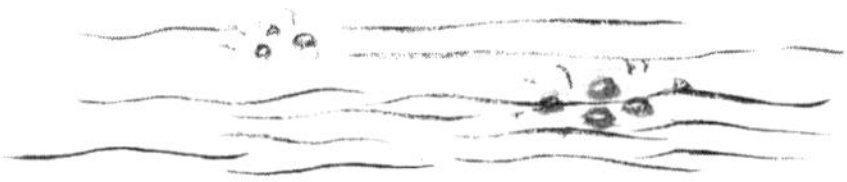

活水源流随处满，东风花柳逐时新

观书

明 · 于谦

书卷多情似故人，晨昏忧乐每相亲。
眼前直下三千字，胸次全无一点尘。
活水源流随处满，东风花柳逐时新。
金鞍玉勒寻芳客，未信我庐别有春。

注释

晨昏：早晚，一天到晚。

每：时常。

亲：近。

胸次：胸中，心里。

尘：灰尘，此处指心中杂念。

逐：挨着次序。

金鞍：饰金的马鞍。

玉勒：饰玉的马笼头。

庐：本指乡村一户人家所占的房地，这里指书房。

简析

该诗写读书时的感受和趣味，表现了诗人对读书的热爱之情。全诗条理清晰，说理形象，具有感染力。

“书卷多情是故人，晨昏忧乐每相亲。”首联借“书卷”比拟相识多年的朋友，暗含作者爱书之深切，每每从清晨读至傍晚时分，图书日日与自己相伴，忧乐与共。

“眼前直下三千字，胸次全无一点尘。”颔联写读书时广收博览，胸中畅快淋漓，心中杂念也被一扫而光。“直下三千字”说明诗人读书的专注投入，生动表现了渴望知识、沉醉于书本中的状态。

“活水源流随处满，东风花柳逐时新。”颈联活用朱熹《观书有感》“问渠那得清如许，为有源头活水来”的诗句，形容书中知识就像源泉流水一样随处可汲、取之不尽。每日吸收的新知就如春风吹拂嫩芽绿柳、追逐百花盛开一样，不同时刻总能呈现出不同的风姿。

“金鞍玉勒寻芳客，未信我庐别有春。”最后诗人通过对比，指出那些游手好闲之流只会玩物丧志，难以领悟到书本中的美妙和乐趣，更不会相信书中会有如沐春风的美丽景致。

背景

于谦自幼酷爱读书，养成了手不释卷的习惯，并深知读书的益处。面对以做官为目的，达到目的而后放弃书本的官场恶习，于谦作此诗抒发胸臆，劝诫人们要热爱读书并批评短浅功利的读书观。

名家点评

〔明〕王世贞：少保负颖异之才，蓄经纶之识，诗如河朔少年儿，无论风雅，颇自奕奕快爽。(《明诗评》)

戚继光

戚继光（1528—1588），字元敬，号南塘，晚号孟诸。登州（今山东蓬莱）人，明代著名抗倭将领、军事家。他不仅武功卓绝，还善诗文，诗篇多描写豪情壮志和军旅生活，风格高亢雄健。有《止止堂集》。

南北驱驰报主情，江花边月笑平生

马上作

明 · 戚继光

南北驱驰报主情，江花边草笑平生。
一年三百六十日，多是横戈马上行。

注释

南北驱驰：戚继光曾在东南沿海一带抗击倭寇的侵扰，又曾镇守北方边关。

主：指明朝皇帝。

江花边草：南方江边和北方边塞的花草树木。

横戈：手里握着兵器。

简析

这是一首记录军旅生活的诗，以寥寥数语充分概括了诗人戎马倥偬的军旅生涯。

“南北驱驰报主情，江花边草笑平生。”“驱驰”二字概括了戚继光为国为民南北奔波的一片赤诚。“报主情”表现了作者对于君主和国家恩情铭记于心，凸显了忠心报国的高尚情怀。“江花边草笑平生”则写出英雄的豪情。为了沿海百姓的安宁和北方民众的和平，将军不断奔波劳顿，虽走遍祖国大江南北，到过很多地方的秀丽山川，也尝尽战争的残酷无情。“笑”字则蕴含着作者内心的无限慰藉和自豪感。

“一年三百六十日，多是横戈马上行。”这两句是“平生”和“南北驱驰”的具体表现。一位横戈立马、不辞辛苦、不畏牺牲的英雄形象跃然纸上。全诗朗朗上口，豪气冲天、情怀高远，读来酣畅淋漓。

背景

戚继光是明朝抗倭名将，也是一位杰出的爱国诗人。该诗作于戚继光北部防备蒙古期间,真实地反映了作者转战南北、紧张激烈的戎马生涯以及保卫国家的英姿和雄风。

名家点评

〔清〕赵翼：阮亭所征引博矣，然如郭（郭登）、戚（戚继光）诸公，本有诗名，固亦不足为异。(《陔余丛考》)

俞 彦

俞彦（约1572—1641），字仲茅，上元（今江苏南京）人。明万历二十九年（1601）进士，官至光禄寺少卿。俞彦擅长作小令，以淡雅见称。在明后期词坛，其风格有一定的代表性。词散见于各选本，有《爰同词话》《俞少卿乐府》存世。

折花枝，恨花枝，准拟花开人共卮，开时人去时

长相思

明·俞彦

折花枝，恨花枝，准拟花开人共卮，开时人去时。
怕相思，已相思，轮到相思没处辞，眉间露一丝。

注释

长相思：词牌名。

准拟：打算，约定。

卮：古代盛酒器。

辞：躲避。

丝：丝与“思”谐音，表心绪。

简析

这首词笔法简洁细腻，以女子的口吻写主人公与丈夫分别及分别后的相思之情，体现了其对爱情的忠贞和对幸福生活的向往。

上片从“花”字生发，“折花枝”尽管只是写了女主人公的一个动作，但也自然会使人联想到青春少女美丽的面庞及折花枝时的娇柔姿态。“恨花枝”三字将美人心绪直接托出，词人着一“恨”字，准确地刻画了折花人内心深处的悲苦和对爱人的不舍。“准拟花开人共卮，开时人去时。”女主人公本来打算同恋人在花开时节共同饮酒赏花，可是花开之日却成了离别之时，离愁既生，迁恨于花枝也是人之常情。

“怕相思，已相思”将女主人公害怕相思但又无可奈何地陷入相思的愁苦细腻、逼真地表达出来，直抒胸臆。“眉间露一丝”以“丝”谐“思”，观察无比细腻，描写愁绪无意间在眉头中显露出来，将相思之情表达得委婉含蓄，别有韵味。

名家点评

〔清〕王士祯：俞仲茅小词云：“轮到相思没处辞，眉间露一丝。”视易安“才下眉头，却上心头”，可谓此儿善盗。然易安亦从范希文“都来此事，眉间心上，无计相回避”语脱胎。三词构思相似，造语却不雷同，各有其妙。(《花草蒙拾》)

〔清〕王昶：少卿刻意填词，工于小令，持论极严，且以刻烛赓唱为奇，不无露率语。至其备审源委，不趋佻险而遵雅淡，独见典型。(《明词综》卷五)

纳兰性德

纳兰性德（1655—1685），字容若，号楞伽山人。大学士明珠之子，满洲正黄旗人。康熙十五年（1676）进士，授乾清门侍卫，深得康熙宠幸。

纳兰性德被誉为“清代第一词人”，风格以“缠绵婉约，哀感顽艳”著称。著有《通志堂集》《饮水词》等。

烛花摇影，冷透疏衾刚欲醒

减字木兰花

清・纳兰性德

烛花摇影，冷透疏衾刚欲醒。待不思量，不许孤眠不断肠。
茫茫碧落，天上人间情一诺。银汉难通，稳耐风波愿始从。

注释

疏衾：单薄的被子，此处指掩被而眠感到的空疏冷清，与同衾共枕相对。

银汉：银河。

耐：忍受。

风波：喻指患难。

始：才。

从：遂愿。

简析

这是一首悼亡词，表现了词人对亡妻的深切怀念以及心中孤寂无依的苦涩，最后又表现出对忠贞爱情的坚定。

上阕写室内词人所见所感，抒发对亡妻的无限思念。“烛花摇影，冷透疏衾刚欲醒。”摇曳的烛光衬托出词人梦醒后的孤独、凄凉和心潮起伏。“冷透”二字自是人的主观感受，因孤寂而生寒意。一个“透”字则说明心中悲凉至极。“疏衾”是指因一个人孤身而眠而显得宽松疏阔的被衾。“待不思量，不许孤眠不断肠。”因为深受相思之苦，所以不能思量，思量就会有断肠之痛，进而有“不许孤眠不断肠”的反语，告诫自己不要多想，不过显然是徒劳的。这“待不思量”似是出自苏轼《江城子·乙卯正月二十日夜记梦》：“十年生死两茫茫，不思量，自难忘。”两首词都是悼念亡妻之作，情感相通。

下阕写夜空所见，并抒发词人对爱情的忠贞不渝。“茫茫碧落，天上人间情一诺。”这一句化用白居易的《长恨歌》之“上穷碧落下黄泉，两处茫茫皆不见”，意境阔大。“天上人间情一诺”，极言对爱情的忠贞守信。“银汉难通，稳耐风波愿始从”则是词人的坚韧承诺。“银汉难通”，茫茫银河难渡，借用七夕牛女相会的典故，最后表达了作者相信只有忍耐住心中的愁苦与磨难，最终总能如愿与爱人相会。

背景

这首词为作者怀念亡妻卢氏所作，据内容推断，可能作于康熙十六年（1677）冬。

名家点评

〔当代〕张秉戍：纳兰悼亡之作很多，本篇虽未标出，但显然又是一首怀念亡妻的作品。上片写冷夜孤眠，思量断肠的痛苦。下片点明与亡妻已是天上人间，生死异路，又痴情渴盼能够相逢重聚。悱恻低回，缠绵凄绝。结处尤为精彩，他对亡妻的深情真可谓痴迷彻骨了。(《纳兰词笺注》)

短焰剔残花，夜久边声寂

生查子

清·纳兰性德

短焰剔残花，夜久边声寂。倦舞却闻鸡，暗觉青绫湿。
天水接冥蒙，一角西南白。欲渡浣花溪，远梦轻无力。

注释

生查子：原唐教坊曲，后用为词调。

短焰：指蜡烛的火焰已短。

剔残花：把残存的灯花剪去，使烛光明亮。

边声：边地特有的声音，如马嘶、风吼、戍角声、战鼓声等等。

倦舞：指祖逖闻鸡起舞的典故，此处形容倦怠的状态。

青绫：青色的丝织品，此指青绫被。

冥蒙：幽暗不明。

浣花溪：在成都市西郊，为锦江支流，杜甫曾于溪旁筑草堂而居。此处借指自己的家。

简析

这首词借凄冷边外的场景抒发身在远方的词人思乡怀亲的感受。

上片写词人深夜难寐，因寂景生哀情，睹物思人并流露出倦怠之意。“短焰剔残花，夜久边声寂。”烛焰在时间流逝中渐渐缩短，烛花滴落在案前。需要削去残留的烛花，说明此时夜已经很深了。词人深夜未睡，由烛火残花回忆妻子和自己在西窗前剪烛相伴的美好时光，感慨万千。在这深夜中，边塞外的声音也已寂静无音。“倦舞却闻鸡，暗觉青绫湿”借祖逖闻鸡起舞的典故，表现了作者既有报效朝廷的使命又懈怠无力的矛盾情绪。等到睡意渐浓，天却要亮了。思念家乡和妻子的思绪在夜晚和白昼徘徊，眼泪也不经意流在衣衫上。

下片写词人半梦半醒状态下的所见所感。“天水接冥蒙，一角西南白。”这里写出了凌晨的天际已露出微微亮光的景象，暗示词人辗转反侧了一夜。“欲渡浣花溪，远梦轻无力”进一步表现了作者希望早日回到故乡的情思。词人以诗圣杜甫所居的浣花溪代指故乡，既凸显了对家的美好思念，又反衬出如今在塞外的凄冷孤苦。但梦境毕竟还是梦境，思念挣扎却无力回到家乡，徒增哀愁的感情。

背景

该篇作于词人旅居塞外之时，通过描写边地黎明时分的清冷景象与半梦半醒状态下的倦怠感受，表现了词人内心的孤寂思乡之感。

名家点评

〔当代〕黄天骥：远征的人，想念家乡。这词写他午夜无法入睡时的心情。下阕说边疆和家乡，相去千里，要望望不到，要梦也梦不到，情绪低落得很。(《纳兰性德和他的词》)

龚自珍

龚自珍（1792—1841），字璱人，号定庵，浙江仁和（今浙江杭州）人。晚清思想家、文学家。曾任礼部主事等职。他的诗文创作开一代风气，反映社会现实，抒写个人遭遇。其诗风格瑰丽奇肆，情感激切，饱含忧国忧民之情。诗文辑为《龚自珍全集》。

落红不是无情物，化作春泥更护花

己亥杂诗（其五）

清·龚自珍

浩荡离愁白日斜，吟鞭东指即天涯。
落红不是无情物，化作春泥更护花。

注释

浩荡：无限。

吟鞭：指诗人一边策马行进，一边吟诗。

东指：指从京城东门出城后即远离京师了。

花：比喻国家。

简析

这首诗是《己亥杂诗》的第五首，写的是诗人辞官告别居住多年的京城，回归故里时的复杂心情：既有被迫离开京城的浩荡离愁，又有希望为国尽忠的高尚情操。

“浩荡离愁白日斜，吟鞭东指即天涯。”前两句写景抒情融为一体，首句用“浩荡”表现出了“离愁”的宽广。“白日斜”指快要下山的太阳，这里借夕阳西下的暮色烘托了“离愁”，同时也暗含着对国家发展前景的悲观。二句对离愁做解释。“吟鞭东指”即诗人一心想参与朝政、报效国家，却被权贵排挤、陷害，无奈只能辞官归乡。用“天涯”二字代指故乡，饱含着诗人内心无限失落怅惘。

“落红不是无情物，化作春泥更护花。”后两句反用陆游“零落成泥碾作尘，只有香如故”的诗句，将全诗的基调由消沉灰暗转为积极明快。诗人用托物言志的手法，以“落红”自喻，表明自己虽然辞官，但仍然会关心国家和民族的命运，表现了强烈的爱国热忱。

背景

清道光十九年（1839），48岁的龚自珍因变革主张不为当朝认可，并受到排挤打压，遂辞官南归。归乡及往返接送眷属途中写下315首七言绝句，编定为《己亥杂诗》，记录其辞官南归时的经历和平生万端之感慨。本篇为其中第五首，写诗人离别京城的感受，虽然心中满是浩荡离愁，却仍将决心为变革而努力。

名家点评

〔现代〕柳亚子：三百年来第一流，飞仙剑侠古无俦。只愁孤负灵箫意，北驾南舣到白头。（《论诗三绝句》）

〔现代〕季镇淮：近代诗风启自龚，从言纵横见高踪。文章自古源于史，岂在千山万木重！（《和孙文光纪念龚自珍逝世一百五十周年》）

蒋春霖

蒋春霖（1818—1868），字鹿潭，江苏江阴人。连举不中，遂弃举业，就两淮盐官。少负文才，初工诗，中年后专致于词，负有盛名。作品多写身世之感，醇雅哀怨，抑郁悲凉，人称近代“倚声家之老杜”。有《水云楼词》二卷。

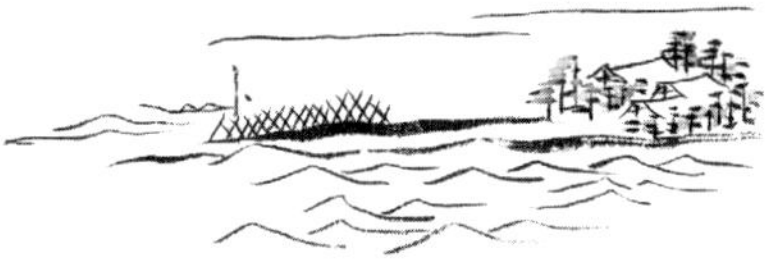

一角阑干聚落花，此是春归处

卜算子

清·蒋春霖

燕子不曾来，小院阴阴雨。一角阑干聚落华，此是春归处。

弹泪别东风，把酒浇飞絮。化了浮萍也是愁，莫向天涯去！

注释

落华：落花。

弹泪：掉泪，流着眼泪。

东风：春风。这里借指春天。

飞絮：飞舞的柳絮。

化了浮萍：古人以为柳絮落水化为浮萍。

莫：不如。

简析

这首伤春抒怀词借对景物的描绘，诉说了作者对抓不住匆匆时光的遗憾以及自身的孤苦伤感。

上片通过描写暮春景物，渲染伤春之人的凄苦心境。“燕子不曾来，小院阴阴雨。”首句写在作者居住的院落里，应该到来的燕子却迟迟未来。细雨绵绵的天色下，周遭环境也变得幽暗无光，营造了一种悲伤晦暗的环境气氛。“燕子”“小院”“阴雨”表明此时正处暮春时节，带出伤春悲凉之感。“一角阑干聚落花，此是春归处。”后两句以具体写抽象，将落花之处当作春天的最后归途，指出了春归的具体处所，构思新颖独特。词人眼看着美好的事物匆匆逝去，难掩伤感失落的心绪。

下片直接抒发对春天的留恋与内心的愁苦。“弹泪别东风，把酒浇飞絮。”此句写未能留住“东风”的惋惜之情，对于纷纷扬扬的“柳絮”飘零，只能借酒洒泪作别。“化了浮萍也是愁，莫向天涯去。”末尾借杨花的传说，更进一步将词意与词情进行升华，柳絮是春天的化身，柳絮落入水里化为浮萍，随波漂荡在世间，其苦涩和哀愁是注定的。“莫向天涯去”也是用飞絮浮萍比喻自己漂泊无定、穷困潦倒的生活，表明了对自身孤苦身世的哀叹。全词情感诚挚哀婉，用不同的景物表现作者内心的孤苦哀愁，令人动容。

背景

蒋春霖三十岁时家道中落，举业亦不顺，一生落拓不得志。

其词多写个人身世的悲苦，这首词便是其感叹春光易逝、功业无成之作。

名家点评

〔清〕陈廷焯：鹿潭穷愁潦倒，抑郁以终，悲愤慷慨，一发于词。如《卜算子》云云，何其凄怨若此！（《白雨斋词话》卷五）

王国维

王国维（1877—1927），字静安（亦作静庵），浙江海宁人。清末秀才，近代著名学者，在文学、史学、美学、哲学、古文字、考古学等方面均卓有成就。王国维在近代最早以西方哲学、美学、文学观点和方法剖析评价中国古典文学。著有《观堂集林》等。

阅尽天涯离别苦，不道归来，零落花如许

蝶恋花

近代 · 王国维

阅尽天涯离别苦，不道归来，零落花如许。花底相看无一语，绿窗春与天俱莫。

待把相思灯下诉，一缕新欢，旧恨千千缕。最是人间留不住，朱颜辞镜花辞树。

注释

阅：经历。

不道：不料。

如许：像这样，此处既指落花又指爱妻容颜憔悴。

绿窗：绿色的纱窗，指女子居所。韦庄《菩萨蛮》：“劝我早归家，绿窗人似花。”

莫：同“暮”。

新欢：指久别重逢的快乐。

朱颜：青春年少的容颜。

简析

这是一首感叹韶光易逝、朱颜难再的词。作者通过写夫妻久别重逢后的所见所感，表达了对光阴易逝的感叹和无限悲痛。

“阅尽天涯离别苦，不道归来，零落花如许。”王国维长年漂泊在外，饱经沧桑，以“阅尽天涯离别苦”总结可谓恰当。由于久在羁旅，如今终于能够回家，本来是欢乐的心情和气氛，但事实并非如此。“不道”二字引出归家后所见，当年年轻美貌的妻子竟已变得如此苍老，就像暮春的花朵一样即将凋零了，着实令人痛心动容。“花底相看无一语，绿窗春与天俱莫。”久别成疏，夫妻二人相见，竟一时无语，不知从何说起。在昏沉的暮色下，晚春的残景和夫人憔悴的容颜共同给人以无限伤感。

“待把相思灯下诉，一缕新欢，旧恨千千缕。”此句写夫妻二人在灯下互诉相思之情与过往的旧事。但是这短暂的欢乐与温馨又怎能抵偿过去十年的惨淡凄苦呢。“最是人间留不住，朱颜辞镜花辞树。”最后，词人由此情此景不由发出对妻子、对人生的感叹：人生注定是短暂而悲苦的，妻子姣好的容颜和这暮春的花朵一样，都难免被无情的时光消磨殆尽，无力挽留。两年后，莫氏病故，正应了词人“朱颜辞镜”的感慨。全词言辞凄楚、情感真挚，蕴含着词人内心无限复杂的情感和心绪，将朱颜易老、青春不再的无奈表达得淋漓尽致，使人不忍卒读。

背景

清光绪二十二年（1896），王国维与莫氏结婚，两年后告别妻子，先后漂泊于上海、日本、南通、苏州等地，结婚十年间，与莫氏聚少离多。光绪三十一年（1905）春，王国维回到家乡海宁，惊觉久未见面的妻子莫氏已容颜憔悴。敏感多情的词人心中十分凄楚，作下此词。

名家点评

〔近代〕梁启超：不独为中国所有而为全世界之所有之学人。

〔当代〕陈邦炎：离别是一个悲剧，归来还是一个悲剧。静安词的悲剧色彩之特别浓厚，正表现在这些地方。他笔下的人间悲剧，不是一时、一地的，不是单一、孤立的，而是延绵相续、重重叠叠的。在静安眼中，人生的苦海，从时、空两方面看都是无边无际、没有尽头的。(《论静安词》)